हिन्द पॉकेट बुक्स

दोराहा

शरत्चन्द्र चट्टोपाध्याय बांग्ला के सुप्रसिद्ध उपन्यासकार एवं लघु कथाकार थे। उनकी अधिकांश कृतियों में गाँव के लोगों की जीवनशैली, उनके संघर्ष एवं उनके द्वारा झेले गए संकटों का वर्णन है। इसके अलावा उनकी रचनाओं में तत्कालीन बंगाल के सामाजिक जीवन की झलक मिलती है। शरत्चन्द्र भारत के सार्वकालिक सर्वाधिक लोकप्रिय तथा सर्वाधिक अनूदित लेखक हैं। 16 जनवरी 1938 ई. को कलकत्ता में 62 वर्ष की उम्र में उनका निधन हुआ।

दोराहा

शरत्चन्द्र

हिन्द पॉकेट बुक्स
पेंगुइन रैंडम हाउस इम्प्रिंट

हिन्द पॉकेट बुक्स

यूएसए। कनाडा। यूके। आयरलैंड। ऑस्ट्रेलिया। सिंगापुर
न्यू ज़ीलैंड। भारत। दक्षिण अफ्रीका। चीन

हिन्द पॉकेट बुक्स, पेंगुइन रैंडम हाउस ग्रुप ऑफ़ कम्पनीज़ का हिस्सा है,
जिसका पता global.penguinrandomhouse.com पर मिलेगा

पेंगुइन रैंडम हाउस इंडिया प्रा. लि.,
चौथी मंजिल, कैपिटल टावर -1, एम जी रोड,
गुड़गांव 122 002, हरियाणा, भारत

पेंगुइन
रैंडम हाउस
इंडिया

प्रथम संस्करण हिन्द पॉकेट बुक्स द्वारा 1991 में प्रकाशित
यह संस्करण हिन्द पॉकेट बुक्स में पेंगुइन रैंडम हाउस द्वारा 2022 में प्रकाशित

10 9 8 7 6 5 4 3 2

इस पुस्तक में व्यक्त विचार लेखक के अपने हैं, जिनका यथासंभव तथ्यात्मक सत्यापन किया गया है, और इस संबंध में प्रकाशक एवं सहयोगी प्रकाशक किसी भी रूप में उत्तरदायी नहीं हैं।

ISBN 9789353496630

मुद्रकः रेप्रो इंडिया लिमिटेड

www.penguin.co.in

MIX
Paper from
responsible sources
FSC
www.fsc.org
FSC® C047271

नवविधान

इस कहानी के नायक श्रीयुक्त शैलेश्वर घोषाल पत्नी-वियोग के अन्त में फिर से गृहस्थी बसाने की बात उठने पर यदि अपने बन्धु-बान्धवों के बीच एक विशेष प्रकार की आंखों की लाज में न पड़ जाते तो इस छोटी कहानी का रूप-रंग क्या से बदलकर क्या हो जाता, इसका अन्दाज़ करना भी कठिन है। इसमिए भूमिका के रूप में उसका कुछ हालचाल लिख देना जान जरूरी पड़ता है।

शैलेश्वर कलकत्ता के एक नामी कालेज में दर्शनशास्त्र के अध्यापक हैं। विलायत की डिग्री वाले हैं। आठ सौ वेतन है। उम्र है बत्तीस साल। लगभग पांच महीने पहले नौ वर्ष का एक लड़का छोड़कर स्त्री मर गई है। अनेक पीढ़ियों से यह परिवार कलकत्ता के पटलडांगा में रह रहा है। घर में उस एक बच्चे के सिवा वेयरा-बावर्ची, साईस-कोचवान इत्यादि सात-आठ नौकर भी हैं। देखा जाए तो गृहस्थी वस्तुतः इन्हीं नौकरों को लेकर ही है।

पहले तो उनकी विवाह करने की बिल्कुल इच्छा ही न थी। यह स्वाभाविक भी था। अब इच्छा हुई है। इसमें भी कोई नवीनता नहीं है। अभी पता चला है कि भवानीपुर के भूपेन्द्र बनर्जी की मंझली लड़की ने मैट्रिक पास किया है और वह देखने-सुनने में भी अच्छी है। इस प्रकार के कौतूहल में भी कोई विशेषता नहीं है किन्तु उस दिन शाम के समय

शैलेश्वर के ही बैठकखाने में चाय पर आलोचना शुरू हो गई।

उसमें एक सज्जन ऐसे थे जो ठीक-ठीक शैलेश्वर के बन्धुजनों में न होने पर भी थोड़ी तनखाह पानेवाले स्कूल-पण्डित थे। किन्तु चाय का रसपान करने की उनकी प्यास बड़ी तनखाह पानेवाले किसी प्रोफेसर से कुछ कम न थी। कुछ पागल-से होने के कारण प्रोफेसर लोग उनको 'दिग्गज' कहकर पुकारते थे। वह न तो सोच-समझकर कोई बात करते हैं और न किसी तरह की जिम्मेदारी लेने को ही तैयार होते हैं। दिग्गज महोदय खुद अंग्रेजी नहीं जानते किन्तु जब भी सुनते कि किसी लड़की ने कोई इक्जामिनेशन (परीक्षा) पास किया है तो गुस्से के मारे उनके तन-बदन में आग लग जाती है। भूपेन्द्र बाबू की कन्या का प्रसंग चलने पर वह एकाएक बोल उठे—"एक बहू को घर से भगा दिया, और एक बहू को खा गए, अब फिर विवाह करोगे? घर-गृहस्थी चलाना ही हो तो भला उमेश भट्टाचार्य की लड़की ने क्या अपराध किया है? यदि घर बसाना ही हो तो उसे लेकर बसाओ।"

उन भद्र लोगों में से कोई कुछ जानता न था। वे लोग यह बात सुनकर चकित हो गए।

दिग्गज ने कहा—"उस बेचारी की ओर यदि भगवान ने मुंह उठाकर देखा है तो उसे ही घर ले आओ—अब और कोई विवाह मत करो। मैट्रिक्यूलेशन पास! पास है तो मानो सब कुछ है!" गुस्से से उनकी दोनों आंखें लाल हो गईं। शैलेश्वर ने किसी तरह अपना क्रोध दबाकर कहा—"अरे भई दिग्गज! वह तो पागल है।"

कोई यदि किसी को पागल कह देता है तो फिर दिग्गज को होश नहीं रह जाता; वह बिगड़कर बोले—"सभी पागल हैं? मुझे भी तो लोग पागल कहते हैं — तो क्या मैं उनके कहने से पागल हो गया?"

सभी लोग जोरों से हंस पड़े। किन्तु इससे वह बात दबी नहीं। हंसी रुकने पर शैलेश ने लज्जित मुख से घटना का हाल बयान करते हुए कहा—"यह मेरी जिन्दगी की बड़ी दुर्भाग्यपूर्ण कथा है। विलायत जाने के पहले ही मेरा विवाह हो गया था किन्तु न जाने किस बात को लेकर ससुर के साथ पिताजी का झगड़ा हो गया। इसके अलावा उसका दिमाग

खराब है, कहकर पिताजी ने उसे घर में भी नहीं रखा। इंग्लैण्ड से लौटने के बाद मैंने उसे फिर नहीं देखा।" इतना कहने के बाद शैलेश जबर्दस्ती हंसी हंसने की चेष्टा न करते हुए बोले—"ओ दिग्गज! ओ बुद्धिमान! यदि यह बात न होती तो क्या वे लोग उसे एक बार यहां भेजने की चेष्टा न करते? चाय की गोष्ठी में तो तुम्हें कभी अनुपस्थित देखा नहीं, किन्तु यदि वह सचमुच ही यहां आ गई तो फिर तुम इसकी आशा न रखना। गंगा-जल और गोबर के छींटों से तुम सबको झाड़कर साफ कर देगी, यह नोटिस मैं तुम्हें पहले से ही दिए देता हूं।"

दिग्गज ने बड़े जोर के साथ कहा—"कभी नहीं।"

किन्तु इस बात में और किसी ने साथ नहीं दिया। इसके बाद इधर-उधर की दो-चार सामान्य बातें करने के बाद 'रात हो रही है' कहकर सभी लोग उठ खड़े हुए। प्रायः इसी समय रोज ही सभा समाप्त होती थी। आज भी वही हुआ, किन्तु आज न जाने कैसी एक विषादयुक्त मलिन छाया सबके ऊपर फैल गई—मानो वह छाया किसी तरह हटना नहीं चाहती।

2

इष्ट-मित्रों ने तीसरी बार उसके नारी-परिणय के प्रस्ताव का अनुमोदन नहीं किया बल्कि मौन रहकर उसका तिरस्कार कर गए। शैलेश को यह बात समझ में आ गई। एक ओर जैसे उसकी विरक्ति की सीमा न थी उसी तरह उसकी लज्जा का भी कोई पार न रहा। उसके लिए मुंह दिखाना भारी हो उठा। जब अठारह साल की उम्र में शैलेश का पहला विवाह हुआ था, तब उसकी स्त्री उषा की उम्र सिर्फ ग्यारह वर्ष थी। देखने में लड़की अच्छी है, यही कहकर कालीपद बाबू बहुत थोड़े दाम में लड़का बेचने को तैयार हो गए थे। किन्तु इस देने-पावने के बाद ही जब

शैलेश विलायत चला गया तब दोनों पक्षों के बीच घोर मनोमालिन्य हो गया।

ससुर ने एक प्रकार से जबर्दस्ती ही बहू को बाप के घर भिजवा दिया, अतः पुत्र के स्वदेश लौटने पर भी पुत्र बहू को बुलाकर घर न ला सका। उसकी ऐसी इच्छा भी नहीं थी। उधर उमेश तर्कालंकार भी बड़े अभिमानी स्वभाव के व्यक्ति थे; वह अपनी और कन्या की इज्जत बेचकर, बिना बुलाए उसे ससुराल भेजने को तैयार नहीं हुए। प्रवास में रहने पर भी इन सब बातों को शैलेश ने कुछ-कुछ सुना था। उस समय वह सोचता था कि घर लौटने पर सब कुछ ठीक हो जाएगा; किन्तु चार साल बाद जब वह सचमुच घर लौटकर आया तब उसके स्वभाव एवं प्रकृति दोनों में परिवर्तन हो गया था। अतएव जब एक दूसरे, विलायत से लौटे सज्जन की, विलायती अदब-कायदा जाननेवाली विदुषी से विवाह की संभावना हुई तब उसने चुपचाप उसके लिए सम्मति दे दी। इसके बाद बहुत दिन बीत गए; शैलेश के पिता कालीपद बाबू की मृत्यु हो गई; बूढ़े तर्कालंकार का भी देहावसान हो गया। ऐसी बात नहीं कि इस अवधि में उस घर की कोई खबर शैलेश के कान तक न पहुंची हो। वह अपने भाइयों के साथ रह रही है; जप-तप, पूजा-पाठ, गंगाजल और गोबर लेकर दिन काट रही है—उसकी पवित्रता के पागलपन से उसके भाई तक परेशान हो उठे हैं, इसी तरह की जो बातें सुनने को मिलीं, उनमें से एक भी शैलेश के कानों के लिए सुखद नहीं थी; सिर्फ एक यही सान्त्वना थी कि इस ढंग की स्त्रियों पर कभी कोई दोष नहीं लगाता। यदि लगाता तो शैलेश पर उसका क्या प्रभाव होता, यह बताना कठिन है। किन्तु इस प्रकार की बदनामी का कोई आभास भी कभी, किसी प्रकार उसे नहीं मिला।

शैलेश सोचने लगा कि भूपेन बाबू की शिक्षिता कन्या की आशा छोड़े बिना अब काम नहीं चलेगा, किन्तु देहात की एक पच्चीस-छब्बीस साल की कुशिक्षिता स्त्री को लाकर उसे गृहस्थी सौंप देने से यशविध्वंस होने लगेगा, इसमें भी सन्देह नहीं। विशेषतः सोमेन की बात है। उषा आने पर सोचेगी कि इस लड़के की मां ही मेरे सम्पूर्ण दुर्भाग्य का कारण है, इसलिए

उषा सौत के इकलौते लड़के से किस तरह का व्यवहार करेगी, उसे कैसी ईर्ष्या-द्वेषभरी दृष्टि से देखेगी, मन में इसकी कल्पना करके ही शैलेश आशंकित हो गया। उसकी बहिन का घर श्यामबाजार में है। विभा एक बैरिस्टर की पत्नी है; वहां लड़के को रख देना तो अच्छा होगा किन्तु सदा के लिए तो इस प्रकार की व्यवस्था हो नहीं सकती। शैलेश के मन में आया कि यदि इस समय दिग्गज पण्डित मिल जाय तो उसे उठाकर पटक दें। इस आदमी ने इतने दिनों तक चाय पिलाई, बिस्कुट खिलाए, और उसने इसका ऐसा बदला चुकाया!

वस्तुतः शैलेश कोई बुरा आदमी नहीं था; किन्तु वह बड़ी कमजोर प्रकृति का मनुष्य था। इसलिए सच्ची लज्जा की अपेक्षा आंखों की लज्जा ही उसमें प्रबल थी। विद्याभिमान के साथ ही उसे एक और बड़ा अभि-मान यह हो गया था कि अपने ज्ञान में वह किसी के प्रति लेशमात्र भी अन्याय या अविचार नहीं कर सकता। संगी-साथियों ने अपने मुंह से भले ही न कहा हो परन्तु मन में वे इस काण्ड के लिए उसीको अपराधी ठहराएंगे, यह समझने में उसे देर नहीं लगी। यह बदनामी सहन करना उसके लिए असम्भव था।

सारी रात सोचते रहने के बाद भोर होते-होते उसके दिमाग में सहसा अत्यन्त सहज बुद्धि का उदय हुआ। उसे बुलावा भेजने से ही तो समस्या हल की जा सकती है। क्योंकि पहले तो वह आएगी नहीं और यदि आ भी गई तो इस म्लेच्छ घर से दो ही दिन में भाग खड़ी होगी। तब फिर कोई उसे दोष न दे सकेगा। इन चार-छः दिनों के लिए सोमेन को उसकी बुआ के पास पहुंचाकर वह स्वयं कहीं दूसरी जगह मुंह छिपाकर बैठ जाएगा। विचार करते हुए उसे इस बात पर बड़ा आश्चर्य हुआ कि इतनी सीधी बात उसे अभी तक क्यों नहीं सूझी थी। बस, अब यही ठीक है!

कालेज से उसने सात दिन की छुट्टी ले ली। इलाहाबाद में उसके एक बाल्यबन्धु थे; उन्हें अपने आने का तार दे दिया और विभा को एक चिट्ठी लिखी कि वह नन्दीपुर से उषा को लाने के लिए आदमी भेज रहा है। यदि उषा आ जाए तो वह यहां आकर सोमेन को अपने साथ श्याम-

बाजार ले जाए। इलाहाबाद से लौटने में उसे सातेक दिन लग जाएंगे।

शैलेश का एक अनुगत ममेरा भाई था। वह किसी मेस में रहता था और किसी व्यापारिक कार्यालय में काम करता था। उसे बुलाकर कहा—"भूतो, कल तुझे नन्दीपुर जाकर वहां से अपनी भाभी को ले आना है।"

भूतनाथ ने आश्चर्य के साथ पूछा—"भाभी? अब कौन-सी?"

"अरे तू तो बरात में गया था, क्या तुझे याद नहीं है? उमेश भट्टाचार्य का घर?"

"याद तो खूब है किन्तु वहां कोई मुझे पहचानता नहीं, इसलिए वह आएंगी कैसे मेरे साथ?"

शैलेश ने कहा—न आएं तो न सही। तुझे इससे क्या? तेरे साथ बैरा रहेगा और नौकरानी जाएगी। यदि आने को राजी न हो तो तुरन्त लौट आना।"

भूतो आश्चर्य के मारे कुछ देर तक चुप रहने के बाद बोला—"अच्छा चला जाऊंगा। किन्तु कहीं वे लोग मारपीट न करें?"

शैलेश ने उसको खर्च के लिए रुपये और एक चाबी देकर कहा—"आज रात की गाड़ी से इलाहाबाद जा रहा हूं। सात दिन के बाद लौटूंगा। यदि आ जाए तो यह चाबी उसे देकर अलमारी बता देना। घर के खर्च-वर्च के लिए उसमें रुपये रखे हैं। पूरे महीने-भर चलने चाहिए।"

भूतनाथ ने राजी होकर कहा—"अच्छा, किन्तु अचानक तुम्हें यह सूझा कैसे, मझले भैया? खाई खोदकर मगर तो नहीं ला रहे हो?"

शैलेश कुछ देर चिन्तित मुद्रा में चुपचाप खड़ा रहा, फिर सांस छोड़कर बोला—"वह आएगी नहीं, यह तो तय है। किन्तु दुनिया की दृष्टि से, धर्म की दृष्टि से कुछ करना तो चाहिए। श्यामबाजार भी खबर दे आना जिससे आकर विभा सोमेन को लिवा ले जाए।"

रात को पंजाब मेल से शैलेष इलाहाबाद चला गया।

3

कई दिन बीत जाने पर, एक दिन दोपहर के समय घर के दरवाजे एक मोटर आकर खड़ी हो गई और दो मिनट बाद ही बाईस-तेईस वर्ष की एक स्त्री घर के भीतर प्रवेश करके बैठकखाने में आ गई। फर्श के कार्पेट पर बैठकर सोमेन्द्र एक सुन्दर जिल्दवाले अलबम से अपनी नई मां का चित्र दिखला रहा था। उसीने बड़ा खुश होकर दोनों का परिचय करा दिया। बोला—"मां! बुआजी।"

उषा उठकर खड़ी हो गई। वह वस्त्र के नाम पर एक बिल्कुल ही सादी रंगीन किनारे की धोती पहने थी और हाथ तथा गले में दो-एक गहने-भर थे किन्तु उसका सौन्दर्य देखकर विभा अवाक् रह गई।

पहले उषा ने ही बात शुरू की। जरा हंसकर लड़के से कहा —"बेटा, तुमने बुआजी को प्रणाम नहीं किया?"

यह सीख सोमेन के लिए शायद नई थी उसने चटपट नीचे झुककर बुआजी के पांवों के जूते छूकर किसी प्रकार प्रणाम किया। उषा ने कहा—"खड़ी क्यों हो ननदजी, बैठो न?"

विभा ने पूछा—"आप कब आईं?"

उषा बोली—"सोमवार को आई थी; आज बुधवार है—तीन दिन हो गए। किन्तु खड़ी कब तक रहोगी भई, बैठ जाओ।"

विभा कुछ दोस्ती करने तो आई नहीं थी; घर से ही मन में कड़ु-वाहट लेकर आई थी। बोली—"मेरे पास बैठने के लिए समय नहीं है। बहुत सारे काम पड़े हैं। मैं सोमेन को लेने के लिए आई हूं।"

किन्तु इस रुखाई का उत्तर उषा ने हंसकर दिया। बोली—"मैं अकेली कैसे रहूंगी, बहन? वहां तो भाभियों के सब बच्चे मेरे ही हाथों पलकर बड़े हुए हैं। कोई मेरे पास न रहेगा तो मैं जीवित कैसे रहूंगी, ननदजी?" इतना कहकर वह फिर हंस पड़ी।

इस हंसी का जबाव विभा ने कटु स्वर में ही दिया। उसने लड़के को बुलाकर कहा—"तुम्हारे बाबूजी ने तुमको मेरे यहां चलकर रहने को कहा है। मेरे पास खोने के लिए व्यर्थ समय नहीं है, सोमेन! जाओ, शीघ्र कपड़े

पहन आओ। अभी मुझे एक बार न्यूमार्केट का चक्कर लगाना है।"

दोनों के बीच में पड़कर सोमेन कुम्हलाए मुंह से, डरते हुए धीरे-धीरे बोला—"मां जाने को मना कर रही हैं, बुआजी?" उसकी परेशानी देखकर उषा तुरन्त बोल उठी—"तुम्हें जाने के लिए मैं मना नहीं करती, बेटा! मैं तो केवल यह कह रही थी कि तुम्हारे चले जाने पर अकेले घर में मुझे बड़ा कष्ट होगा।"

लड़के ने मुंह से इस बात का कुछ जवाब नहीं दिया; केवल बहुत पास आकर विमाता का आंचल पकड़कर खड़ा हो गया। उसके सिर के बालों में उंगली फेरते-फेरते उषा ने हंसकर कहा—"ननदजी, वह जाना नहीं चाहता।"

लज्जा और क्रोध के मारे विभा का चेहरा काला पड़ गया। अत्यन्त सभ्य समाज की हजारों ऊंची शिक्षाओं के होते हुए भी वह अपने ऊपर नियन्त्रण न रख सकी। बोली—"किन्तु उसका जाना ही उचित है। मेरा विश्वास है कि यदि आप अनुचित प्रश्रय न देतीं तो वह अवश्य बाप की आज्ञा का पालन करता।"

उषा के होंठों के दोनों किनारे कुछ कठोर हो गए; इसके सिवा उसके चेहरे पर कोई और परिवर्तन दिखाई नहीं पड़ा। उसने कहा—"जब हम बड़े-बूढ़े लोग ही अपना उचित-अनुचित नहीं समझ पाते, तब फिर सोमेन तो अभी बच्चा ही है। वह बेचारा समझता ही कितना है। और अगर अनुचित प्रश्रय देने की बात कहती हो, ननदजी, तो मैंने कितने ही बच्चों को पाल-पोसकर बड़ा किया है; वह सब संभालना मैं जानती हूं; उसके लिए तुम्हें दुश्चिन्ता करने की जरूरत नहीं है।" विभा ने कठोर होकर कहा—"ऐसा है तो मैं भैया को चिट्ठी लिख दूंगी।"

उषा बोली—"लिख दो। लिख देना कि उनके इलाहबाद के हुक्म की अपेक्षा मैं अपना कलकत्ता का हुक्म ही बड़ा समझती हूं। किन्तु देखो भई, विभा, सम्बन्ध से और उम्र में भी मैं तुमसे कुछ बड़ी हूं। इसलिए तुम मुझसे नाराज न हो सकोगी।" इतना कहकर वह फिर एक बार हंसकर बोली—"आज तुम गुस्से के मारे बैठीं तक नहीं, किन्तु एक दिन स्वयं अपनी इच्छा से अपनी इस भाभी के पास आकर बैठोगी, इतनी बात आज

तुमसे कहे दे रही हूं।"

विभा ने इस बात का कोई उत्तर नहीं दिया। बोली—"आज मुझे समय नहीं है। अच्छा, नमस्कार।" इतना कहकर तेजी से बाहर चली गई। गाड़ी पर बैठने के बाद जो उसकी आंखें अकस्मात् ऊपर की ओर उठीं तो उसने देखा कि बरामदे की रेलिंग पकड़े और सोमेन को लिए हुए उषा उसी की ओर देखती हुई मूर्ति-सी निश्चल खड़ी है।

4

छुट्टी तो सात दिन की ही थी परन्तु प्रायः दो सप्ताह इलाहाबाद में बिताकर एक दिन दोपहर के समय शैलेश्वर ने घर के अन्दर प्रवेश किया। नीचे वाले सामने के बरामदे में बैठकर सोमेन बहुत-सी बांस की खपच्चियां, रंग-बिरंगे कागज, लेई और सुतली अपने चारों तरफ फैलाए काम में व्यस्त था इसलिए पहले पिता के आगमन की ओर उसका ध्यान ही नहीं गया किन्तु अचानक उन पर दृष्टि पड़ते ही प्रसन्न हो उठा। और सकुचाते हुए झुककर चरण छू पिता को प्रणाम किया। गुरुजनों को प्रणाम करने के काम में अभी तक वह पटु नहीं हो पाया था, यह उसका मुंह देखते ही मालूम पड़ जाता था। ज्यादा बुरा तो नहीं लगा किन्तु इससे शैलेश को विस्मय अवश्य हुआ। फिर कागज, सुतली, लेई की ओर दृष्टि पड़ते ही उसने पूछा—"यह सब तुम क्या कर रहे हो, सोमेन?"

सोमेन ने रहस्य की कोई भी बात न बताते हुए कहा—"तुम्हीं बताओ, बाबूजी, यह क्या है?"

पिता बोले—"भला मुझे क्या मालूम?"

लड़के ने हाथ से ताली बजाकर बड़े ही आनन्द के साथ कहा—"आकाश दीप है।"

"आकाश-दीप? आकाशदीप का क्या होगा?"

इसका अद्भुत तात्पर्य आज सुबह ही सोमेन को मालूम पड़ा था। बोला "आज संक्रान्ति है। कल शाम से ही एक ऊंचा बांस खड़ा करके इसे उसपर टांगा जाएगा,. बाबूजी। मां कहती हैं कि मेरे दादा-परदादा जो स्वर्ग में हैं उन्हें प्रकाश दिखलाना चाहिए। वे आशीर्वाद देंगे।"

शैलेश का दिमाग गरम तो हो ही रहा था, उसने लात मारकर सब कुछ फेंक दिया और धमकी-भरे स्वर में बोला—"आशीर्वाद देंगे! सब कुसंस्कार की बातें! जा, पढ़ अपनी किताबें!"

इतनी साध से बनाए आकाश-दीप के छिन्न-भिन्न हो जाने से सोमेन रुआंसा हो गया। इसी समय ऊपर से मीठे स्वर में आवाज आई—"बेटा सोमेन, कल सुबह बाजार से तुम्हारे लिए मैं और अच्छा आकाश-दीप मंगवा दूंगी। तुम मेरे पास आओ।"

सोमेन आंखें पोंछता-पोंछता ऊपर चला गया। शैलेश किसी ओर बिना देखे गंभीर और विरक्त चेहरा बनाए सीधा अपने अध्ययनकक्ष में घुस गया। दूसरे ही क्षण छोटी घण्टी बज उठी—टन् टन् टन् टन्। किसी ने कोई जवाब नहीं दिया।

"अब्दुल!"

अब्दुल नहीं आया।

"गिरधारी! गिरधारी?"

गिरधारी के बदले बंगाली नौकर गोकुल ने जाकर पर्दा जरा-सा हटाकर कहा—"जी?"

शैलेश ने जोर से डांटकर कहा—"जी? सब साले मारे गए क्या?"

गोकुल बोला—"जी नहीं।"

"जी नहीं? अब्दुल कहां है?"

गोकुल ने कहा —"मां ने उसे छुड़ा दिया है। वह अपने घर गया।"

"छुड़ा दिया है! घर चला गया! गिरधारी कहां गया?"

गोकुल ने बताया कि वह भी छुट्टी पाकर अपने देश चला गया।

शैलेश ने स्तम्भित होकर कहा—"तब शायद घर में कोई भी आदमी नहीं है?

गोकुल ने सिर झुकाकर कहा—"जी, और तो सभी लोग हैं।"

"वे भी क्यों हैं? जा, दूर हो यहां से।"

तब शैलेश्वर ने अपने ही हाथ से अपने जूते खोले; कोट उतारकर यों ही मेज पर डाल दिया। खूंटी से धोती उतारकर ट्राउजर बदला और उसे दूर एक कुर्सी पर फेंक दिया, जो नीचे गिर पड़ा। नेकटाई, कालर इत्यादि जहां-तहां फेंककर अपनी कुर्सी पर ज्योंही बैठा कि देखा – ठीक सामने टेबल पर एक कापी पड़ी है। सुन्दर लिखावट है—गृहस्थी का हिसाब है। खोलकर देखा, किसी स्त्री के हाथ के स्पष्ट सुन्दर अक्षर हैं। रोज के खर्चे की हरएक मद लिखी हुई है। इतने की मछली, इतने की शाक-सब्जी, इतने का चावल, इतने की दाल। सहसा दरवाजे का पर्दा हटने की सरसराहट सुनकर चकित हो देखा कि कोई स्त्री आ रही है। वह चाहे जो हो, दासी तो हर्गिज नहीं है। पल-भर यह अनुभव करके वह हिसाबवाली कापी में डूब गया। जो आई उसने चरणों के पास झुककर शैलेश को प्रणाम किया। फिर सीधी खड़े होकर कहा —"क्या तुम इस समय चाय पियोगे? किन्तु फिर भात तो खा नहीं सकोगे!"

"भात नहीं खाऊंगा।"

"अच्छा, मत खाओ परन्तु हाथ-मुंह धोकर ऊपर तो चलो। इस कुबेला में स्नान करने की जरूरत नहीं है। मैं नाश्ता तैयार करके कुमुद से शर्बत बनाने को कह आई हूं। चलो।"

"अभी रहने दो।"

"अजी, मैं उषा हूं—कोई बाघ-भालू नहीं हूं। आंखें उठाकर मेरी ओर देखने से कोई तुम्हें छिः-छिः नहीं करेगा।"

शैलेश ने कहा—"मैं क्या कह रहा हूं कि तुम बाघ-भालू हो?"

"तो फिर इस तरह भागते क्यों फिरते हो?"

"मुझे काम था। तुमने विभा के साथ झगड़ा क्यों किया?"

उषा ने कहा—"यह तुम्हारी बनाई हुई बात है—उन्होंने कभी तुम्हें लिखा न होगा कि मैंने झगड़ा किया है।"

शैलेश ने कहा—"तुमने अब्दुल को क्यों निकाल दिया?"

"कौन कहता है कि निकाल दिया? उसे एक साल से तनखाह नहीं मिली थी; वह यहां से जाने के लिए छटपटा रहा था। मैंने तनखाह चुकता

करके उसे छुट्टी दे दी।"

शैलेश ने विस्मित होकर कहा—"सारी तनखाह चुका दी? तब तो अब वह आएगा ही नहीं। गिरधारी क्यों चला गया?"

उषा ने कहा — "यह तो तुम्हारा बड़ा अन्याय है। नौकरों को तनखाह न देकर अटका रखना। क्यों, क्या उनका अपना घर-द्वार नहीं है? मैंने उसे भी तनखाह चुकाकर अलग कर दिया है।"

शैलेश ने कहा—"ठीक किया। अब घर को वशिष्ठ मुनि का आश्रम बना डालो।" वह हिसाबवाली कापी पर दृष्टि जमाए-जमाए ही बात कर रहा था। सहसा एक बड़ा अंक उसकी नजर में पड़ा, तो वह चौंक उठा और कहा—"यह क्या है? चार सौ छः रुपये..."

उषा ने उत्तर दिया—"ये रुपये मोदी (बनिये) को दिए हैं। अब भी अन्दाज है कि सौ, दो सौ उसके और निकलेंगे; कह दिया है कि अगले महीने वह भी चुका देंगे।"

शैलेश अवाक्-सा होकर बोला—"छः सौ रुपये मोदी की दुकान के बाकी थे?"

उषा ने हंसकर कहा—"होगा नहीं! कभी चुकाओगे नहीं, कभी हिसाब देखना नहीं चाहोगे, दो साल हो गए तो इतना रुपया हो ही जाएगा।"

शैलेश ने इतनी देर बाद मुंह उठाकर देखा। बोला—"तुमने क्या इन दो सालों का सारा हिसाब देख लिया?"

उषा ने सिर झुकाकर कहा—"ऐसा किए बिना और उपाय ही क्या था?"

शैलेश चुप होकर बैठा रहा। उसके मुंह पर लज्जा की जो छाया पड़ रही थी, इस पांच मिनट के परिचय में ही उसे उषा ने देख लिया। उसने पूछा—"क्या सोच रहे हो, बताओ तो?"

शैलेश ने हंसने की चेष्टा करते हुए कहा—"सोचता हूं कि जो कुछ रुपया था वह सब तो तुमने खर्च कर दिया; किन्तु तनखाह मिलने में अभी भी पन्द्रह-सोलह दिन की देरी है।"

उषा ने सिर झुकाकर कहा—"मैं क्या कोई बच्ची हूं जो इस बात

का खयाल न रखती? पन्द्रह ही दिन क्यों, अब एक महीने से पहले मैं तुमसे पैसा नहीं मांगूंगी। किन्तु बताओ तो भला, तुमने क्या हालत कर रखी है! ग्वाला कहता था कि उसके प्रायः डेढ़ सौ रुपये बाकी हैं। धोबी को पचास से अधिक देने हैं। दर्जी की दुकान का कितना देना है, यह तो वही जानता होगा। आज मैंने उससे हिसाब बनाकर भेजने को कहा है।"

शैलेश जैसे बहुत डरकर बोला—"यह क्या कर रही हो! वे लोग तो अपना हजार रुपया बता देंगे। किस-किसको दोगी? कहां से दोगी?"

उषा ने निश्चिन्त भाव से कहा—"ऐसा तो मैंने कहा नहीं कि एक ही बार में सबकी भरपाई कर दूंगी; हां तीन-चार महीने में चुका दूंगी। और तो किसीसे कुछ उधार नहीं लिया है न? मुझसे छिपाना मत।"

शैलेश ने बहुत देर तक उसके मुंह पर दृष्टि गड़ाए रखने के बाद अन्त में धीरे-धीरे कहा—"पिछले साल गर्मियों की छुट्टी में शिमला जाने के लिए एक आदमी से हैण्डनोट लिखकर दो हजार रुपये लिए थे। उसमें से अभी तक सूद का भी एक रुपया नहीं दे सका हूं।"

उषा गाल पर हाथ रखकर बोली—"गजब का काण्ड किया है तुमने।" किन्तु दूसरे ही क्षण हंसते हुए कहा—"देखती हूं कि एक साल के पहले तुम हमें ऋणमुक्त नहीं होने दोगे! पर और कुछ तो नहीं है न?"

शैलेश ने कहा—"जान पड़ता है, नही है। थोड़ा-बहुत हो सकता है, किन्तु मैं तो सोचता था कि इस जन्म में कर्जे के फन्दे से न निकल सकूंगा।"

उषा ने कहा—"तुम क्या सचमुच कभी कुछ सोचते हो?"

शैलेश बोला—"सोचता क्यों नहीं? कितने ही बार आधी रात को मेरी नींद टूट गई है—लगा, जैसे दम घुट रहा है। तनखाह से पूरा नहीं पड़ता; हर महीने बड़ी खींच-तान रहती है। किन्तु तुम मुझे भरमाना मत। क्या सचमुच तुम आशा करती हो कि यह सब ऋण चुका सकोगी?"

उषा की आंखों के कोर अचानक सजल हो उठे। जिस पति को वह सिर्फ आध घण्टा पहले पहचानती तक न थी उसी के लिए हृदय में सचमुच पीड़ा का अनुभव हुआ। किन्तु हंसकर बोली—"तुम तो अच्छे आदमी हो! घर-गृहस्थी में कुछ कर्ज हो गया है तो क्या हम उसे चुकाएंगे नहीं?

रुपये ही भला कितने हैं; उन्हें चुकाने में हमें कितने दिन लगेंगे?"

"सबको बड़ा कष्ट होगा···"

उषा ने जोर देकर कहा—"किसीको कोई तकलीफ नहीं होगी। शायद तुम्हें पता भी न लगेगा कि घर में कहीं कोई परिवर्तन हो गया है।"

शैलेश स्थिर भाव से चुपचाप बैठा रहा। उसके मन में ऐसा अनुभव होने लगा मानो बहुत दिनों से आकाश पर जो मेघ छाए हुए थे, उसके एक सिरे पर वे साफ हो गए हैं और उसके शरीर पर सूर्य से आने वाली एक किरण पड़ रही है।

5

लिफाफों और पोस्टकार्डों के रूप में बहुत-सी चिट्ठी-पत्री एकत्र हो गई थीं। उन सबको पढ़कर जवाब देने और पत्र-पत्रिकाओं तथा अखबारों को खोलकर उनपर नजर डालने तथा इसी तरह के छोटे-मोटे कार्यों को निबटाने में संध्या बीत गई। उस समय यदि कोई अनाड़ी भी पर्दे के बाहर से झांककर उसके कर्तव्यनिरत एकाग्र सुख पर दृष्टि डालता तो उसकी कर्तव्यनिष्ठा और एकान्त मनोयोग के प्रति अत्यन्त श्रद्धा से भर उठता। किसी अध्यापक के प्रति श्रद्धा को घटाना इस कहानी का लक्ष्य नहीं है, किन्तु इस विषय में केवल इतना ही करना पर्याप्त होगा कि केवल अध्यापक होने के कारण किसीको दुनिया के छल-प्रपंच से रहित मान लेना एक दुराशा-मात्र है। हाथ का काम खतम करके शैलेश ने स्वयं ही स्विच दबाकर कमरे में रोशनी कर ली और दर्शन की एक मोटी-सी किताब लेकर बड़े ध्यान से पढ़ने लगा। मानो उसके पास व्यर्थ नष्ट करने के लिए एक मुहूर्त का समय भी नहीं है—यद्यपि आज के पूर्व किसीने शान के बाद उसे ऐसा कुकर्म करते नहीं देखा था।

जब वह इस प्रकार अध्ययन में डूबा हुआ था, पर्दे की आड़ से खड़े होकर कुमुदा ने पुकारकर कहा—"बाबूजी, मां कह रही हैं, आपका खाना लगा दिया है। आइए।"

शैलेश ने घड़ी की ओर देख कर कहा—"अभी तो हमारे खाने का समय नहीं हुआ है; अभी प्रायः पचास मिनट की देर है।"

कुमुदा ने पूछा—"तो खाना उठाकर रख देने को कह दूं?"

शैलेश ने कहा—"उठाकर रख देना ही ठीक होगा। अब्दुल के न रहने से ही यह समय का गोलमाल हो रहा है।"

दासी और कोई सवाल न पूछकर चली जा रही थी कि शैलेश ने पुकारकर कहा—"सब उठाकर रखना भी तो एक मुसीबत है। अच्छा, कहो कि मैं आ रहा हूं।"

आज भोजनालय में टेबल-कुर्सी की व्यवस्था न थी। शैलेश ने ऊपर आकर देखा कि उसके शयनागर के सामने छाए हुए बरामदे में आसन लगा है। और बिल्कुल देहती भोजन का प्रबन्ध है। पिछले दिनों की रकाबियां, गिलास और प्यालियां सब मंज-धुलकर बाहर आ गई थीं। थाली के तीन ओर वे सब पात्र नाना प्रकार के आहार से सज्जित थे। पास ही फर्श पर उषा बैठी थी और उससे सटकर सोमेन बैठा हुआ था।

शैलेश ने आसन पर बैठकर कहा—"मैं जानता हूं, तुम तो शायद मेरे साथ खाओगी नहीं, किन्तु सोमेन? क्या यह भी नहीं खाएगा मेरे साथ?"

इसका जवाब लड़के ने ही दिया। बोला—"बाबूजी, मैं तो रोज मां के साथ खाता हूं।"

नाना प्रकार की चीजें देखकर शैलेश ने पूछा—"यह सब किसने बनाया? क्या तुमने?"

उषा ने कहा—"हां।"

शैलेश ने कहा—"जान पड़ता है, महाराज भी नहीं है। जहां तक मुझे याद आता है, उसकी तनखाह तो बाकी नहीं थी। तब क्या उसे साल-भर की पेशगी तनखाह देकर विदा कर दिया?"

उषा ने मुंह की हंसी को छिपाकर कहा—"जरूरत पड़ने पर नौकरों को पेशगी तनखाह भी देनी पड़ती है, सिर्फ बाकी रखने से ही काम नहीं

चलता। किन्तु वह है। उसे बुला दूं क्या?"

शैलेश ने जल्दी से सिर हिलाकर कहा—"नहीं, नहीं, रहने दो। उसका दर्शन करने के लिए मैं उतावला नहीं हूं; उसे भी, बीच-बीच में खाना बनाने का मौका देती रहना, नहीं तो जो कुछ सीख पाया है वह भी भूल जाने से बेचारे का नुकसान होगा।"

भोजन करते हुए शैलेश को कितना अच्छा लग रहा था, यह तो वही जाने। जब उसकी मां जीवित थी तब की बातें सहसा उसे याद आ गई। पास की कटोरी उठाकर कहा—"कैसी बढ़िया खुशबू आ रही है। गुसाईं लोग मांस नहीं खाते हैं; वे लोग कटहल की तरकारी में गरम मसाला डालकर उसे 'वनस्पति-बकरा' कहकर खाते हैं। मेरी रुचि उतने ऊंचे दर्जे की नहीं है इसलिए कटहल तो मैं सहन कर लूंगा परन्तु 'वनस्पृति-बकरा' नहीं।"

उषा खिलखिलाकर हंस पड़ी। सोमेन को इस हंसी का कारण समझ में नहीं आया। वह मां की गोद में चढ़कर उसके मुंह की ओर देखता हुआ पूछने लगा—"यह वनस्पृति-बकरा क्या चीज है मां?"

प्रत्युत्तर में उषा ने बच्चे को छाती से चिपटाकर पति से कहा—"पहले खाकर तो देखो।"

शैलेश ने मांस का एक टुकड़ा मुंह में डालकर कहा—"नहीं, नहीं, यह तो चार पैर वाला सच्चा बकरा ही है। बहुत बढ़िया बना है। किन्तु इसे पकाना तुमने कैसे सीखा?"

उषा का मुंह चमक उठा। बोली—"पकाना क्या तुम्हारा अब्दुल ही जानता है? मेरे पिता थे सिद्धेश्वरी के पुजारी। तुम क्या सोचते हो कि मैं गुसाइयों के घर में से आई हूं?"

शैलेश ने कहा—"यह एक कटोरी खा लेने के बाद ऐसी बात जीभ पर लाने की ताकत किसमें है? किन्तु मेरे घर में तो 'सिद्धेश्वरी' हैं नहीं, तब यह चीज प्रतिदिन कैसे मिलेगी?"

उषा ने कहा—"मिलेगी क्यों नहीं?"

शैलेश ने कहा—"अब्दुल का शौक तो मैं आज ही भूल जाने का यत्न करूंगा किन्तु ऋण···"

उषा ने नाराज होकर कहा—"क्या मैंने तुमसे कहा है कि पतिपुत्र को भूखा रखकर मैं ऋण चुकाऊंगी? मैं कहे देती हूं कि तुम अब ऋण की बात मुंह पर भी न लाओगे।"

शैलेश बोला—"तुम्हें कहने की जरूरत ही नहीं; ऋण की बात मुंह पर लाना मेरा स्वभाव ही नहीं है। किन्तु?"

उषा बोली—"किन्तु परन्तु कुछ नहीं। खाने-पीने के कारण तो कुछ ऋण हुआ नहीं है?"

"किसलिए इतना ऋण हो गया, मैं कुछ भी तो नहीं जानता उषा!"

उषा ने जवाब दिया—"तुम्हें किसी दिन जानने की जरूरत न होगी। बस इतनी ही दया करना कि पागल कहकर फिर घर से निकाल न देना।"

शैलेश चुपचाप सिर झुकाए भोजन करता रहा। सोमेन ने कहा—"मां! खाना खाने चलो न। कल की वह जटायु पक्षी वाली कहानी भी आज पूरी करनी पड़ेगी। उसके बाद जटायु के लड़के ने क्या किया मां?"

शैलेश ने मुंह उठाकर कहा—"जटायु के लड़के ने चाहे जो किया हो, देखता हूं, इस लड़के ने तो तुम्हें बिल्कुल ही जकड़ लिया है।"

उषा चुपचाप लड़के के सिर पर हाथ फेरती रही।

शैलेश ने कहा—"जानती हो, इसका कारण क्या है?"

उषा बोली—"कारण और क्या होगा? मां रही नहीं, अकेले घर में···"

"वह तो ठीक है। किन्तु शायद मां के रहने पर भी इसे इतना प्यार कभी नहीं मिला।"

उषा का मुंह लाल हो उठा, बोली—"कैसी बात करते हो? थोड़ा और मांस लाने को कहूं? अच्छा, उसे न खाओ, किन्तु तुम्हें मेरे सिर की सौगंध, मीठा छोड़कर मत उठना। जरा यह तो सोचो कि दिन-भर के बाद खाने बैठे हो।"

शैलेश 'हां' कहकर उषा के मुंह की ओर देखने लगा। खाना खिलाने के लिए इतनी जबर्दस्ती, इस तरह व्याकुल होकर सिर की कसम दिलाना, मानो बहुत समय के बाद, बचपन में सुनी गाने की कड़ी के समान, उसके

कान में पड़ा। वह स्वयं भी अपनी मां का एक ही लड़का था। इस समय यह बात उसके कलेजे को मसोस गई। मिठाई छोड़कर उठ जाने की शक्ति ही उसमें न रह गई। तोड़कर एक टुकड़ा मुंह में रख कर उसने धीरे-धीरे कहा—"किसी और का हिसाब अब मैं नहीं करूंगा, उषा! यह सब भार तुम्हारे ऊपर देकर मैं निश्चिन्त हो जाना चाहता हूं।" इतना कहकर वह उठ गया।

6

शैलेश को पता ही नहीं चला कि एक सप्ताह कब और कैसे बीत गया और कैसे पुनः रविवार आ पहुंचा। सवेरे उठते ही उषा बोली—

"तुमसे रोज कहती हूं किन्तु तुम बात सुनते ही नहीं—जाओ, आज ननदजी के पास। सोचो कि वह मन में क्या कहती होंगी। तुम क्या उनके साथ सचमुच मेरा झगड़ा करा दोगे?"

शैलेश मन ही मन लज्जा का अनुभव करते हुए बोला—"कालेज का इतना काम पड़ा है कि···"

उषा ने कहा—"सो तो मैं जानती हूं। क्या कालेज से लौटते समय भी एक बार वहां नहीं जा सकते?"

"किन्तु तुम यह तो जानतीं नहीं कि वहां से किस प्रकार थककर लौटता हूं? तुम्हें तो इस प्रकार लड़कों को पढ़ाना पड़ता नहीं।"

उषा हंस पड़ी। बोली—"तुम्हारे पैर पड़ती हूं। आज एक बार हो आओ। रविवार को भी लड़के पढ़ाने का बहाना करोगे तो विभा फिर कभी मेरा मुंह नहीं देखेगी।" इतना कहकर उसने कोचवान को बुलाया और उसे गाड़ी तैयार करने का हुक्म देकर कहा—"बाबूजी को श्याम-बाजार पहुंचाकर गाड़ी वापस ले आना। मुझे गाड़ी की जरूरत है।"

जाते समय शैलेश ने लड़के को साथ ले जाने का प्रस्ताव किया तो

वह मां से चिपटकर मुंह बनाकर खड़ा हो गया। बुआजी के यहां जाने के लिए उसके मन में कभी उत्साह नहीं होता था; विशेषतः उस दिन की बात याद कर उसके भय की सीमा न रह गई। उषा ने लड़के को गोद में लेकर हंसते हुए कहा —"सोमेन को रहने दो। वह किसी और दिन चला जाएगा।"

शैलेश ने कहा—"शायद तुम्हें टोह लग गई है कि यह विभा के यहां जाना नहीं चाहता।"

"शायद तुम्हें देखकर ही कुछ अन्दाज कर लिया है।" इतना कहकर वह हंसती हुई लड़के को लेकर ऊपर चली गई।

स्नानाहार करके श्यामबाजार से घर लौटते-लौटते शैलेश को प्रायः ढाई बज गए। विभा, बहनोई क्षेत्रमोहन तथा उनकी सत्रह-अठारह साल की कुंवारी बहन भी साथ आई। विभा को साथ लाने की इच्छा शैलेश की न थी; वह अपनी इच्छा से ही आई थी। उषा के विरुद्ध उसकी बहुतेरी शिकायतें थीं। केवल भाई को टेढ़ी-मेढ़ी बातें सुनाकर उसे तृप्ति नहीं हुई थी। यहां आकर इतने आदमियों के सामने, नाना प्रकार के तर्क-वितर्क में डालकर गांव-गंवई की कुशिक्षिता भौजाई को पूरी तरह अपदस्थ करने के इरादे से वह आई थी। जब से भाई के साथ भेंट हुई तब से अनेक अप्रिय और कठोर शिकायतों के द्वारा वह यह बात सप्रमाण सिद्ध कर देना चाहती थी कि इतने समय के बाद इस स्त्री को घर बुलवाने में न केवल भयानक भूल हुई है बल्कि प्रकारान्तर से उनके स्वर्गीय पिता की स्मृति का भी अपमान हुआ है। जिसे त्याग करने को वह विवश हो गए थे, उसीको फिर किसलिए घर में लाया गया? समाज के सामने, बन्धु-बान्धवों के सामने जिसका आत्मीय कह कर परिचय नहीं दिया जा सकता, कहीं किसी सामाजिक क्रियाकर्म में जिसे साथ लेकर जा नहीं सकते, यही क्यों जिसे बड़े भाई की स्त्री—भाभी—कहकर बुलाने में लज्जा का बोध होता है उसी को साथ लेकर अब लोगों के सामने वह कैसे मुंह दिखाएगी?

अपरिचिता उषा का पक्ष लेकर क्षेत्रमोहन ने दो-एक बात कहनी चाही किन्तु स्त्री की डांट खाकर चुप हो गए। विभा ने क्रोध के साथ कहा—"दादा सोचते होंगे कि मुझे कुछ नहीं मालूम, किन्तु मैं सब बातों

की खबर रखती हूं। घर में पांव रखते ही मुसलमान होने के कारण इतने दिनों के खानसामा अब्दुल को निकाल दिया; गिरधारी को नीच जाति का होने के कारण निकाल बाहर किया। जिसे जाति-पांति का इतना विचार है, उसके साथ सम्बन्ध रखना हम लोगों के लिए विपत्ति है। मैं तो ऐसी भौजाई को एक दिन के लिए भी स्वीकार न कर सकूंगी, फिर कोई चाहे कितना ही नाराज हो।"

सभी समझ गए कि यह कटाक्ष किसके प्रति किया गया है। शैलेश ने धीरे-धीरे कहा—"ठीक यह कारण नहीं है। वे स्वयं ही अपने घर जाने के लिए अधीर थे।" यह बात सुन विभा ने तुरन्त भाई के मुंह पर जवाब दिया—"उन भाभी के जमाने में तो उनमें कभी इतनी व्यग्रता दिखाई नहीं पड़ी। इनके घर में पांव रखते न रखते ही बेचारे जान बचाकर भाग गए!"

इस श्लेष का और क्या जवाब है? शैलेश चुप हो गया।

विभा ने पूछा—"नौकर-चाकर तो सब भाग गए, अब तुम्हारा काम कैसे चलता है?"

शैलेश ने निस्पृह स्वर में उत्तर दिया—"किसी तरह चल ही जाता है।"

विभा बोली—"मैं अच्छी तरह जानती हूं कि जो चले गए हैं, वे अब न आएंगे। लेकिन घर को एकदम धर्मशाला बना देने से तो काम चलेगा नहीं। समाज भी तो है। देख-सुनकर दूसरे आदमी रख लो। लोग क्या कहेंगे?"

शैलेश ने कहा—"न चलेगा तो रखना ही पड़ेगा।"

विभा बोली—"किस तरह चल रहा है, यह तुम्हीं जानों, हम तो सोच भी नहीं सकते।" इतना कहकर कपड़े बदलने के लिए जाते-जाते बोली—"बापके घर बिना गए रहा नहीं जाता, किन्तु जान पड़ता है, वहां जाने पर एक प्याला चाय भी न मिलेगी।"

क्षेत्रमोहन इतनी देर से चुप बैठे थे। भाई-बहन के वाद-विवाद में पड़ना नहीं चाहते थे, किन्तु अब चुप न रहा गया तो बोले—"पहले वहां जाकर तो देखो; अगर चाय न मिले तो कहना कुछ।"

विभा ने कहा—"हमारा सब देखा हुआ है। पहले ही दिन उसका भाव देखकर समझ गई थी।" इतना कहकर वह चली गई। उसकी शिकायत में जरा भी सच्चाई न थी। वास्तव में उस दिन कुछ भी समझने-बूझने के लिए उसके पास न तो समय ही था, न उसके मन की वैसी वृत्ति ही थी। किन्तु उन दोनों को यह बात मालूम न थी। क्षेत्रमोहन ने कहा—"शैलेश, सचमुच तुम्हारे यहां यह क्या मामला है? नौकर-चाकर सबको अलग करके क्या वैष्णव-वैरागी बनने का इरादा है? आजकल खाते क्या हो?"

शैलेश ने कहा—"दाल-भात लुचई-तरकारी···"

"यह सब गले के नीचे उतर जाता है?"

"गले में अटकता नहीं, इतना तो सच है।"

क्षेत्रमोहन ने हंसकर कहा—"यह तो मैं भी जानता हूं। और मेरे गले में ये अटकती हों, ऐसी बात भी नहीं है, किन्तु मजे की बात इतनी है कि इसे अपने बीच स्वीकार करने का कोई उपाय नहीं है। क्या तुमने तय किया है कि बराबर इसी तरह चलाए जाओगे?"

क्षण-भर मौन रहकर शैलेश ने कहा—"देखो क्षेत्र, असल में मैंने स्वयं कोई निश्चय नहीं किया है। करने का भार भी उन्होंने मुझे नहीं दिया है। मैंने सिर्फ इतना निश्चय कर रखा है कि उसकी राय हुए बिना मैं घर-गृहस्थी की व्यवस्था में कोई दखल नहीं दूंगा।"

क्षेत्रमोहन ने दरवाजे की ओर देखते हुए धीरे-धीरे कहा—"धीरे से बोलो, धीरे से। यह बात यदि तुम्हारी बहन ने सुन ली तो मैं कहे देता हूं कि फिर कुशल नहीं।"

शैलेश ने कहा—"इधर से कुशल न भी हो, तो मुझे लगता है कि दूसरी ओर से मेरी रक्षा हो जाएगी, क्योंकि अब मुझे आय से व्यय अधिक होने की दुश्चिन्ता न भोगनी पड़ेगी। रात-दिन सिर्फ रुपये की ही चिन्ता रहती थी; महीने के पन्द्रह दिन बीतने पर मन में यही धुक-धुकी लगी रहती थी अगले पन्द्रह दिन अब कैसे बीतेंगे। अब उस रास्ते नहीं जाता। मैं बच गया भैया, अब पैसा उधार लेने के लिए इधर-उधर भाग-दौंड नहीं करनी पड़ेगी। तनख्वाह में जितने रुपये मिलते हैं वे हमारे लिए

काफी हैं, इस रहस्य का ज्ञान हमें उनके द्वारा हो गया है।"

क्षेत्रमोहन बोले—"कहते क्या हो? रुपयों की चिन्ता क्या केवल तुम्हीं को है। तुम्हें कुछ पता है, मैं इसमें आकण्ठ डूबा हुआ हूं।"

शैलेश कहने लगा—"इलाहाबाद भागते समय पूरे महीने का वेतन अलमारी में रख गया था। कहकर गया था कि इसीमें पूरा महीना चलना चाहिए। इसके पहले तो कभी चला नहीं था; सोमेन की मां जीवित थीं तब भी नहीं, और उसकी मृत्यु के बाद मेरे हाथों भी नहीं। सोचा था, यदि उषा के हाथ में पैसे देकर भय से भी चल सका, तो काफी होगा। जिनको नौकरी से हटा देने की बात पर विभा इतनी नाराज हो रही थी, उन लोगों को सचमुच ही मुसलमान या छोटी जाति का होने के कारण निकाला गया है, यह मैं ठीक-ठीक नहीं जानता, किन्तु इतना अवश्य जानता हूं कि जाते समय वे लोग एक-एक साल का बकाया वेतन लेकर बड़ी प्रसन्नता के साथ अपने घर गये हैं। मोदी की दुकान के चार सौ रुपये चुका दिए गए। और भी बहुत-से छोटे-मोटे कर्जे निबट गए। एक छोटी कापी में पाई-पाई का हिसाब लिखा देखकर मैंने डरते-डरते पूछा—'उषा, तुमने यह सब क्या कर दिया? अभी आधा महीना बाकी पड़ा है, काम कैसे चलेगा?' उसने जवाब दिया—'मैं कोई बच्ची थोड़े ही हूं; मुझे इतना ज्ञान है।' क्षेत्र, आज तक खाने-पीने की कोई तकलीफ तो तिल-भर मुझे उसके हाथ से हुई नहीं। दाल-भात ही हमारा अमृत है। हमारा दर्जी और कपड़े का बिल तथा हैण्डनोट पर लिया हुआ ऋण निबट जाए तो समझो कि मैं बच गया।"

क्षेत्रमोहन कुछ कहने जा रहे थे किन्तु स्त्री को आता देख चुप रह गए।

मोटर आ जाने पर सब उसमें जा बैठे। रास्ते-भर क्षेत्रमोहन विचारों में कहीं खो रहे। जान पड़ता है, किसी की कोई बात उनके कानों में नहीं गई।

7

थोड़ी ही देर में गाड़ी शैलेश्वर के दरवाजे पर आ खड़ी हुई। घर में प्रवेश करते ही सबसे पहले दिखाई पड़ा सोमेन। वह चौखट पर बैठा, कोयला तोड़ने की हथौड़ी से अपनी रेलगाड़ी का पहिया ठीक कर रहा था। उसके मुंह की ओर देखकर सहसा किसी के मुंह से कोई बात नहीं निकली। उसका माथा, गाल, ठुड्डी, छाती, बांहें अर्थात् देह के समस्त उत्तरार्ध चित्र-विचित्र हो रहे थे। गंगा-घाट के उड़िया पण्डे ने सफेद, लाल, पीले रंगों द्वारा अपने प्रदेश के जगन्नाथजी से लेकर पश्चिम के राम-सीता तक सब प्रकार के देवी-देवताओं के असंख्य नाम उन पर छाप दिए थे।

विभा ने व्यंग्यमिश्रित मुस्कान के साथ कहा—"बड़े सुन्दर लग रहे हो, बेटा! जीते रहो।"

उन दोनों के आगे मानो शैलेश की गर्दन कट गई। वह स्वभावतः मृदु प्रकृति का आदमी है। इधर-उधर के कारणों में हाय-हाय और कोलाहल मचाना उसे नहीं आता, किन्तु बहन की अत्यन्त कटु उत्तेजना सहसा उसके लिए असह्य हो उठी। लड़के के गाल पर तड़ाक से एक थप्पड़ मारकर उसने कहा—"अभागा, पाजी! कहां से यह सब कर लाया है? कहां गया था?"

सोमेन ने रोते-रोते जो कुछ कहा, उससे मालूम हुआ कि आज सुबह वह मां के साथ गंगा-स्नान करने गया था। शैलेश ने उसकी गर्दन पर धक्का मारकर ठेलते हुए कहा—"जा, साबुन लगाकर सब धो डाल, जा, भाग।"

तीनों ने उसके पढ़ने के कमरे में प्रवेश किया। भाई-बहन दोनों के ही मुंह बुरी तरह गम्भीर थे। कुछ मिनट तक कोई कुछ नहीं बोला। शैलेश के लज्जित, उदास मुख पर यह भाव स्टष्ट झलक रहा था कि उसे स्वप्न में भी कल्पना न थी कि बात इस सीमा तक बढ़ जाएगी। मानो विभा बिना बोले ही गर्व के साथ रह रही हो—'यह सब तो मैं जानती ही थी। ऐसा तो होना ही था।'

बात शुरू की क्षेत्रमोहन ने। अचानक हंसते हुए बोले—"शैलेश! तुमने चाय के प्याले में तूफान उठाने वाली बात कर दी। भला किसलिए तुमने बच्चे को मारा? तुम लोगों के साथ तो चलना-फिरना भी मुश्लिक है।"

स्वामी की बात सुनकर विभा विश्मय से हतबुद्धि हो गई और उनके मुंह की ओर देखती हुई बोली—"चाय के प्याले में तूफान की क्या बात हुई? तुमने क्या इसे बच्चों का खेल समझ लिया?"

क्षेत्रमोहन ने कहा—"कम से कम इतना तो अस्वीकार नहीं कर सकता कि कोई भयानक बात नहीं हुई।"

"इसका मतलब?"

"मतलब बिलकुल सीधा है। आज निश्चय ही कोई गंगा-स्नान का पर्व है। सोमेन साथ गया और साथ ही स्नान किया। एक दिन नल के पानी में न नहाकर यदि कोई दैवात् गंगा-स्नान कर ही लेता है तो वह क्या महापाप करता है, मैं नहीं समझ पाता।"

विभा स्वामी से अत्यन्त क्रुद्ध होकर बोली—"उसके बाद?"

क्षेत्रमोहन ने जवाब दिया—"उसके बाद की बात भी बिल्कुल स्वाभाविक है। घाट पर जो उड़िया पण्डे हैं उनमें से किसी ने दो-एक पैसे की आशा से लड़के के शरीर पर चन्दन की छापें लगा दी। इसमें मारपीट करने लायक क्या बात है?"

विभा ने उसी तरह क्रुद्ध स्वर में सवाल किया—"इसका परिणाम भी सोचकर देखा है?"

क्षेत्रमोहन बोले—"शाम को मुंह-हाथ धोते समय सब धुल-पुंछ जाएगा, यही परिणाम है।"

विभा ने कहा—"ओह! बस इतना ही? तुम्हारे बाल-बच्चे होते तो तुम ऐसा करने देते?"

क्षेत्रमोहन ने कहा—"जब हमारे बाल-बच्चे हैं ही नहीं तो यह तर्क करना व्यर्थ है।"

विभा ने मन ही मन चोट खाकर कहा—"तर्क व्यर्थ हो सकता है; मैं जानती हूं कि धोने से चन्दन धुल जाएगा किन्तु उसकी छाप इतनी

सरलता के साथ नहीं दूर की जा सकती। बच्चों के भावी जीवन का ध्यान रखकर ही काम करना पड़ता है। तुम लोग चाहे जो कहो किन्तु मैं सौ बार यह बात कहूंगी कि आज का यह काम बहुत ही बुरा है।"

क्षेत्रमोहन बोले—" 'तुम लोग' नहीं, अकेले मैं। शैलेश ने तो बच्चे को थप्पड़ मारकर और उसे धकियाकर अपना प्रायश्चित्त कर लिया है। किन्तु मैं यह आशा नहीं कर सकता कि अध्यापक वंश की लड़की एक दिन में ही मेमसाहब बन जाएगी। तो वह जो भी हो, तुम दोनों भाई-बहन इसके फलाफल का निर्णय करो। मैं तो चला।"

शैलेश चुप बैठा था; उसने उनके मुंह की ओर देखकर कहा—"कहां जाओगे जी?"

क्षेत्र ने कहा—"ऊपर। एक बार भाभीजी से अपना परिचय कर आऊं। मालूम नहीं, मुंह से बोलेंगी कि नहीं, पर जरा एक बार कोशिश तो कर देखूं।" इतना कहकर क्षेत्रमोहन और शब्द न खर्च करके बाहर निकल गए।

ऊपर जाकर शय्या-गृह के दरवाजे पर ही पुकारकर बोले—"भाभीजी! नमस्कार।"

मुंह घुमाकर देखते ही उषा सिर का वस्त्र थोड़ा खींचकर उठ खड़ी हुई।

सोमेन पास में बैठा मां का काम बढ़ा रहा था। उसी ने कहा—"फूफाजी।"

उषा ने पास की एक कुर्सी की तरफ इशारा करते हुए धीरे-धीरे कहा—"बैठिए।" उसके सामने दो अलमारियों के कपाट खुले हुए थे और नीचे फर्श पर अनेक प्रकार के कपड़े, साड़ी, जैकेट, कोट-पतलून, मोजा, टाई और कालरों का ढेर लगा हुआ था। क्षेत्रमोहन ने आसन ग्रहण करके कहा—"यह हो क्या रहा है?"

सोमेन ने ढेरी के बीच से एक जोड़ा मोजे उठाकर कहा—"यह एक जोड़ा और निकला। बस जरा-सा फटा है—यह देखो मां!"

उषा ने लड़के के हाथ से मोजा लेकर एक ओर तहाकर रख दिया। उसके रखने का ढंग देखकर क्षेत्रमोहन ने आश्चर्य करते हुए पूछा—"यह

क्या अनाथालय के लिए सूची तैयार हो रही है या कूड़ा-करकट साफ किया जा रहा है? क्या कर रही हैं, बताइए तो!' वह सोचकर आए थे कि देहाती नववधू है, देखकर लज्जा से जड़ हो जाएगी, किन्तु उषा का आचरण वैसा कुछ दिखाई नहीं पड़ा।

यह ठीक है कि उसने सिर उठाकर नहीं देखा किन्तु बात का जवाब स्वाभाविक स्वर में ही दिया—"सोच रही हूं कि इन सबको मरम्मत के लिए भेज दूं। सिर्फ मोजे ही इतने जोड़े हैं कि शायद दस साल तक खरीदने की जरूरत नहीं पड़ेगी।"

क्षण-भर चुप रहकर क्षेत्रमोहन ने कहा—"भाभीजी, इस समय यहां कोई नहीं है, जल्दी से मेरी एक बात सुन लीजिए। अपनी ननद को देखकर उसके पति के विषय में गलत अनुमान न कर लीजियेगा। मेरी साज-सज्जा और आचार-व्यवहार देखकर मुझे फिरंगी न समझ लीजिएगा; मैं पूरी तरह बंगाली हूं। किसी को गंगास्नान करके आया हुआ सुनकर मुझे उसे मारने की इच्छा नहीं होती, इतनी बात मैं आपको बता देता हूं।'

उषा चुप्पी साधे रही। क्षेत्रमोहन ने कहा—"और भी एक बात अभी एकान्त में कहे दे रहा हूं। सोमेन के लगे थप्पड़ को अपने पर लगा मान लेना बेचारे शैलेश के प्रति अन्याय करना होगा। इतना छोटा वह सचमुच ही नहीं है।"

उषा ने इस बात का भी कोई जवाब नहीं दिया; उसी तरह चुप खड़ी रही। क्षेत्रमोहन ने कहा—"अब आप बैठिए। मेरे लिए आपका समय नष्ट न हो।" फिर थोड़ी देर तक मौन रहकर कहा—"आपके लक्ष्मी-जैसे हाथों में काम देखकर मैं भी गृहस्थी का कुछ काम-काज सीख लूंगा।"

उषा ने फर्श पर बैठकर मृदु मुस्कान के साथ कहा—"ये सब स्त्रियों के काम हैं, आप सीखकर क्या करेंगे?"

क्षेत्रमोहन बोले—"इसका जवाब आपको किसी और दिन दूंगा, आज नहीं।"

उषा चुपचाप अपना काम करने लगी; किन्तु कुछ देर बाद बोली—"यह सब तो गरीब-दुखियों का काम है; आपको इसे सीखने की कोई

जरूरत ही न पड़ेगी।"

क्षेत्रमोहन ने ठण्डी सांस लेकर कहा—"भाभीजी, बाहरी चमक-दमक देखकर आप भी भूल करेंगी तो फिर दुनिया में हमारे-जैसे अभागों की व्यथा समझने वाला कोई न रह जाएगा। इच्छा होती है कि अपनी छोटी बहन को आपके पास छोड़ जाऊं। आपके गृहलक्ष्मीपन का कुछ अंश वह भी अपनी ससुराल ले जा सकेगी।"

उषा चुप रही। क्षेत्रमोहन फिर कुछ कहने ही जा रहे थे किन्तु बहुत-से जूतों का शब्द सीढ़ी के नीचे से आता सुनकर सिर्फ इतना ही कहा—देख रहा हूं, सब उपर ही आ रहे हैं। शैलेश की बहन और मेरी बहन की बाहरी वेशभूषा एक-सी देखकर भीतर का भी सब एक-सा न समझ लीजिएगा।"

उषा ने जरा हंसकर सिर झुकाते हुए कहा—"शायद मैं पहचान सकूंगी।"

क्षेत्रमोहन बोले—"शायद! मैं पूरी तरह जानता हूं कि आप अवश्य पहचान लेंगी।"

8

सीढ़ियों पर जिनके पैरों की आवाज सुनाई पड़ी थी, वे थे—शैलेश, विभा और विभा की छोटी ननद उमा। शैलेश और विभा कमरे के अन्दर आ गए। सबके पीछे थी उमा। वह जब चौखट के इस पार पैर रखने लगी तो उसके भाई ने उसे आंखों के इशारे से मना करते हुए कहा—"जूता उतार कर आओ उमा।"

विभा ने घूमकर देखते हुए विस्मयपूर्वक स्वामी से पूछा—"भला ऐसा क्यों?"

क्षेत्रमोहन ने कहा—"इसमें दोष ही क्या है? पैरों में कांटे भी न

चुभेंगे और ठोकर भी न लगेगी।”

विभा ने कहा—“इतना तो मैं जानती हूं किन्तु अचानक जूता उतारने की क्या जरूरत क्यों आ पड़ी, बस इतना ही पूछ रही हूं।”

क्षेत्रमोहन ने कहा—“भाभीजी हिन्दू नारी हैं—इसके अतिरिक्त गुरुजनों के कमरे में जूता पहन कर न आना ही अच्छा लगता है।”

विभा ने पति के पैरों की ओर नजर डालकर देखा कि केवल बहन को उपदेश नहीं दिया है, इसके पहले स्वयं भी इसका पालन कर चुके हैं। यह देखकर उसके शरीर में आग लग गई। बोली—“गुरुजनों के तुम्हारी श्रद्धा-भक्ति असाधारण है। वह अच्छी बात है; किन्तु उसकी ज्यादती अच्छी नहीं। यदि गुरुजन के सोने का कमरा न होकर कहीं मन्दिर होता तो शायद तुम गोबर खाकर पवित्र हो जाने के बाद प्रवेश करते।”

पत्नी का गुस्सा देखकर क्षेत्रमोहन हंसने लगे; बोले—“गोबर के प्रति रुचि नहीं है; उसे भाभी की खातिर भी मुंह में न मुंल सकता किन्तु भगवान के साथ जब किसी तरह का सम्बन्ध ही नहीं रखता तब अकारण उनके घर में प्रवेश करके उत्पात भी नहीं मचाता। अच्छा भाभीजी, इस कमरे में तो मैं पहले भी बहुत बार आ चुका हूं। याद पड़ता है कि यहां फर्श पर एक बढ़िया कार्पेट बिछा था, उसे क्यों हटा दिया?”

उषा बोली—“धोया-पोंछा जाता नहीं इसलिए बहुत गन्दा रहता है। सोने का कमरा—”

विभा ने उपहास के भाव से कहा—“कार्पेट बिछा होने से कमरा गन्दा रहता है?”

उषा उसके मुंह की ओर ताककर धीरे-धीरे बोली—“रहता तो है ही बहन। यह सत्य है कि आंखों से दिखाई नहीं देता किन्तु उसके नीचे ढेर की ढेर धूल एकत्र हो जाती है।”

शायद विभा इसका प्रतिवाद करने जा रही थी कि पति का प्रबल कण्ठ-स्वर सुनकर रुक गई। वह अत्यन्त जोश के साथ कह रहे थे—“बस, बस भाभीजी! गन्दगी दबी-छिपी रहने से ही हमारा काम चल जाता है।—उससे ज्यादा हम कुछ नहीं चाहते। वह चीज आंखों की

आड़ में रहे, बस इतने से ही हम खुश हो जाते हैं। क्या कहते हो शैलेश, ठीक है न?"

शैलेश ने कुछ उत्तर नहीं दिया। विभा के क्रोध की सीमा न रही किन्तु वह उस क्रोध को दबाकर बिना तर्क किए चुप हो रही। उन दोनों के बीच सच्चे स्नेह और प्रीति की शायद कोई कमी न थी, किन्तु बाहर-बाहर सांसारिक आचरण में प्रायः वाद-विवाद, घात-प्रतिघात हो जाया करता था। लोगों के सामने विभा बहस में किसी तरह हार मानने को तैयार न होती थी। यह उसका स्वभाव था। इसीलिए प्रायः देखा जाता था कि कहीं विवाद में बात बढ़ न जाए, इस भय के मारे क्षेत्रमोहन रण के बीच में ही से खिसक जाते थे। किन्तु आज उनका वह रुख नहीं है, इसका अनुभव करके विभा ने अपने को रोक लिया।

वस्तुतः इसके विरुद्ध विभा को जरा भी छूट देने का भाव आज क्षेत्रमोहन के मन में न था। दूसरे का दोष पकड़कर कटु बात बोलने का स्वभाव-सा विभा का हो गया था। अधिकांश स्थानों पर इससे थोड़ी-सी अशिष्टता छोड़ कोई हानि भी नहीं होती थी। किन्तु यह जो एक निरपराध बहू के विरुद्ध पहले दिन से ही उसने कमर बांध ली थी; बिना दोष-अपराध के ही अशेष दुःख भोगने के बाद जो स्त्री पति के घर के एक कोने में दैवात् आ गई हैं, उसे उस स्थान से भी हटा देने का षड्यन्त्र पति के हृदय को दुःख और विरक्ति से पूर्ण किए दे रहा है, जबकि उसकी चरणधूल ग्रहण करने की योग्यता भी दूसरी में नहीं है, इस सत्य को अपनी आंखों से स्पष्ट देखकर क्षेत्रमोहन के तिक्त-व्यथित चित्त में विभा के विरुद्ध किसी प्रकार की क्षमा का भाव नहीं रहा। परन्तु उच्चशिक्षित समाज में ऐसी बातों को स्पष्ट कहना भी कठिन होता है। बल्कि यथासंभव ऐसी बातों को सभ्यता के पर्दे में छिपाकर ही रखना पड़ता है।

क्षेत्रमोहन ने बहन को सुनाकर कहा—"उमा! तुम यदि अपनी इन गांव की रहने वाली भाभीजी के पास रोज दोपहर में आकर बैठ सको तो तुम चाहे जैसे घर में पहुंचो, दुःख नहीं पाओगी, बहन!"

उमा मुस्कराती हुई चुप रही। उषा ने सिर उठाए बिना कहा—"ऐसा होने पर और क्या होगा—आप लोगों का समाज उसे छोड़ देगा।"

क्षेत्रमोहन ने कहा—"भले छोड़ दे, भाभीजी। किन्तु पति-पत्नी परम सुखी रहेंगे, यह मैं बाजी लगाकर कह सकता हूं।"

शैलेश ने एक बार विभा की ओर तिरछी नजरों से देखकर हास्य-विनोद के स्वर में कहा—"बाजी लगाने की जरूरत न होगी, भाई, यह कहना ही काफी होगा।"

क्षेत्रमोहन ने उत्तर दिया—"और चाहे जो हो, आज की यह छोटी-सी बात भी यदि उमा अपने मन में रख सकी तो कम से कम नित्य नये मोजे खरीदने की परेशानी से तो उसका पति बेचारा छूट जाएगा।"

अभी तक विभा चुप बैठी थी किन्तु अब न रह सकी। किन्तु गूढ़ क्रोध के लक्षण छिपाकर जरा हंसने का प्रयास करती हुई बोली—"उसके भावी विवाहित जीवन में मोजों की मरम्मत करने की आवश्यकता नहीं भी पड़ सकती है। और उसके पति शायद ऐसे मोजों को पहनना पसन्द भी न करें। पहले से कुछ नहीं कहा जा सकता।"

क्षेत्रमोहन ने कहा—"कहा क्यों नहीं जा सकता। आंख-कान खुले रहें तो अवश्य कहा जा सकता है। जो सच्चा जहाज चलाता है वह जल का रूप देखकर ही जान लेता है कि तल कितना नीचा है। भाभीजी, आपने तो जहाज पर पांव रखते ही जान लिया कि जरा भी असावधानी करने पर तली का पंक ऊपर आ जाएगा। इसके लिए मैं आपको सहस्रों धन्यवाद देता हूं। और शैलेश की ओर से तो लाखों-करोड़ों धन्यवाद भी पर्याप्त न होंगे।"

उषा ने बड़ी लज्जा का अनुभव कर विनयपूर्वक कहा—"अपने ही घर में अपने पति की अवस्था को समझने की चेष्टा करने में धन्यवाद की तो कोई बात नहीं है, क्षेत्रमोहन बाबू?"

इस बात का जवाब दिया विभा ने—"अन्ततः अपनी स्त्री का अपमान करने का काम तो सिद्ध हो जाता है। इसके सिवा किसीक कृपणता करते देखते ही, जान पड़ता है, किसीकी श्रद्धा-भक्ति उमड़ आती है।"

उषा ने मुंह उठाकर सवाल किया—"पति की स्थिति समझकर व्यवस्था करने की चेष्टा को क्या कृपणता कहते हैं, ननदजी?"

क्षेत्रमोहन तुरन्त ही बोल उठे—"नहीं कहते, नहीं। पृथ्वी का कोई भद्र व्यक्ति ऐसी बात मुंह पर भी नहीं ला सकता। किन्तु पति की दृष्टि में स्त्री को निरन्तर तुच्छ और हीन सिद्ध करने को हृदय की कौन-सी प्रवृत्ति कहते हैं, इसे चाहो तो अपनी ननदजी से पूछ लो।"

विभा के मुंह से सहसा कोई बात नहीं निकली। अभिभूत की तरह एक बार कहनेवाले के मुंह की ओर तथा एक बार शैलेश की ओर देखकर वह अवाक् हो रही। इतने सारे आदमियों के सामने उसके पति सचमुच उसपर इस प्रकार की चोट कर सकते हैं, इसका विश्वास ही जैसे उसे नहीं हो रहा था। उसके बाद शैलेश के मुंह पर दृष्टि गड़ाकर हठात् रोती हुई बोली—"भैया, इसके बाद तो अब मैं तुम्हारे घर आ नहीं सकूंगी। अब मैं चिरकाल के लिए इस घर से जा रही हूं।"

शैलेश व्याकुल हो उठा। उषा हाथ का काम छोड़ घबराकर उठ खड़ी हुई और विभा का हाथ पकड़ कर बोली—"मैंने तो तुम्हें कुछ कहा नहीं, बहन!"

अचानक एक अशोभनीय काण्ड हो गया और इसी गड़बड़ी के बीच क्षेत्रमोहन चुपचाप बाहर निकल गए। विभा ने हाथ छुड़ाकर आंखें पोंछते-पोंछते कहा—"मैं जब आपसे केवल शत्रुता ही कर रही हूं, तब इस घर में मेरा प्रवेश करना किसी तरह उचित नहीं है।"

उषा बोली—"किन्तु ऐसी बात तो मैंने कभी मन में भी नहीं सोची, ननदजी!"

विभा ने इसपर ध्यान नहीं दिया; अश्रुविगलित स्वर में कहने लगी—"आज वह सबके सामने स्पष्ट कह गए, कल दादा (भैया) भी ऐसा ही कहेंगे कि उनकी नई गृहस्थी के बीच कोई बात कहना केवल अपमान करना है। उमा, घर चलना हो तो चलो।" इतना कहने के बाद वह नीचे जाने के लिए तैयार होकर बोली—"भाभी जब नहीं हैं तब इस घर में पांव रखना ही हमारी भूल थी। अब इस घर से मेरा सम्पूर्ण सम्बन्ध टूट गया।" इतना कहकर, वह सीढ़ी से नीचे उतर गई। शैलेश ने पीछे-पीछे आकर बिना किसी संकोच के कहा—"न हो मेरे पुस्तकालय वाले कमरे में चलकर थोड़ी देर बैठो, विभा!"

विभा ने गर्दन हिलाकर कहा—"नहीं। किन्तु मेरी भाभी को एकदम से भूल न जाना, दादा। उनकी बड़ी इच्छा थी कि सोमेन विलायत जाकर लिख-पढ़कर आदमी बने। उनकी इच्छा को नष्ट न होने देना। आज जिस रूप में उसे अपनी आंखों देखा है, यदि उसकी वही शिक्षा चलती रही तो फिर समाज के बीच मैं मुंह न दिखा सकूंगी।

उनके अश्रुविगलित कण्ठ-स्वर से विचलित होकर शैलेश खुशामद करते हुए बोला—"तू हमारे बाहरी कमरे में चल बहन; इस तरह यदि तू चली जाएगी तो मेरे कष्ट की सीमा न रहेगी।"

विभा की आंखों से फिर आंसू झरने लगे। पता नहीं सोमेन के भविष्य की चिन्ता से या किसी और कारण से। वह आंचल से आंसू पोंछकर बोली—"अब कहीं भी जाकर मैं बैठना नहीं चाहती, दादा। किन्तु सोमेन हमारे पितृकुल का एक मात्र वंशधर है, जरा उसका ध्यान रखना। अपने को एकदम भूलकर बैठ न जाना, दादा!" इतना कहकर वह सीधे बाहर चली गई और अपनी गाड़ी पर जा बैठी। उमा बिल्कुल चुप थी, अब भी वह किसी बात में कुछ नहीं बोली। चुपचाप विभा के बगल में जाकर बैठ गई।

शैलेश साथ-साथ आकर हठात् बोल उठा—"विभा, न हो तू सोमेन को साथ लेती जा। तेरे अपने लड़के-बच्चे नहीं हैं; उसे ही अपना लड़का समझ, पाल-पोसकर आदमी बना दे।"

विभा और उमा दोनों ही अत्यन्त आश्चर्य से शैलेश का मुंह देखती रह गई। विभा ने कहा—"क्यों ऐसा निरर्थक प्रस्ताव कर रहे हो, दादा? ऐसा तुम कर नहीं पाओगे—तुम्हें ऐसा करने भी नहीं दूंगी।"

शैलेश ने जोर देकर कहा—"मैं कर सकूंगा, यह वचन तुझे देता हूं विभा।"

विभा संशयभरे स्वर में सिर हिलाती बोली—"कर सकते हो तो अच्छा है। उसे भिजवा देना। उसे ऊंची शिक्षा देने के लिए यदि पैसे तुम्हारे पास न हों तो मैं वचन देती हूं दादा, कि आज से उसका सब भार मैंने लिया।" इतना कहने के बाद उसने उमा की दृष्टि का अनुसरण करके देखा—ऊपर बरामदे में खड़ी उषा नीचे उन्हीं की ओर ताक रही है।

दूसरे ही क्षण मोटर चली गई। उसके बाद शैलेश अपने पढ़ने के कमरे में जा बैठा। ऊपर जाने की न इच्छा हुई; न साहस हुआ। उसे पता चल गया कि उनकी सारी बातचीत ऊपर से उषा ने सुन ली है।

9

रात को भोजन के लिए पति को बुलाकर और दिनों की तरह आज भी उषा पास ही बैठी थी। सोमेन अवश्य उसके पास न था; या तो वह सो गया होगा या ऐसा ही कुछ होगा। शैलेश आया। उसका मुंह अत्यन्त गंभीर है—गंभीर होने की बात ही है। व्यर्थ प्रश्न करने का स्वभाव उषा का न था। आज की घटना के सम्बन्ध में उसने कोई बात नहीं पूछी। जो नहीं जानती थी उसे जानने के लिए भी कोई उत्सुकता प्रकट नहीं की। इन कई दिनों के बीच पत्नी के इस स्वभाव का परिचय शैलेश को मिल चुका था। भोजन करने बैठकर उसे मन ही मन क्रोध तो आया परन्तु आश्चर्य नहीं हुआ। क्षण-क्षण में नजर छिपाकर उसने पत्नी के चेहरे को देखने की चेष्टा की, किन्तु निश्चित रूप से मालूम हो गया कि उषा जान-बूझकर प्रकाश की ओर आड़ करके बैठी है। और दिनों की तरह आज वह खा न सका। आज उसे भोजन में रुचि नहीं थी, इसका कारण तो कुछ दूसरा ही था किन्तु न पूछने पर भी मानो गले पड़कर उसने सुना दिया कि जिस भोजन का अभ्यास नहीं है, वह दो ही चार दिन चल सकता है किन्तु प्रतिदिन जबर्दस्त चलाने से उसमें स्वाद नहीं रहता, तब अरुचि अत्याचार के रूप में बदल जाती है।

बात तर्क की दृष्टि से चाहे जैसी हो परन्तु यहां वह सत्य नहीं है, यह जानकर उषा चुप रही। झूठी चीज निश्चय ही झूठी है, इसे प्रमाणित करने के लिए तर्क करने की प्रवृत्ति उसे कभी नहीं हुई। किन्तु इस प्रकार उसे चुपचाप अस्वीकार करने से प्रतिपक्षी का क्रोध और बढ़

जाता है। इसीलिए जब शैलेश सोने आया तो खामखाह बोल पड़ा —"मैं यह तो मानता हूं कि एक दिन मैंने बड़ा भारी अन्याय किया था, किन्तु उसीके कारण आज तुम्हारे सिवा और किसीकी भी व्यवस्था न चलेगी, यह भी तो भारी जुल्म है।"

ऐसी कठोर बात शैलेश ने पहले दिन भी न कही थी। उषा मन ही मन अत्यन्त विस्मित हुई किन्तु मुंह से सिर्फ इतना ही कहा—"मैं समझ नहीं पाई।"

किन्तु इस प्रकार अत्यन्त विनयपूर्वक स्वीकार कर लेने से क्रोध और भी बढ़ता है। शैलेश ने कहा—"तुम्हें समझना चाहिए था। हमारी शिक्षा, संस्कार, समाज सबको उलटकर तुम यदि इस घर को अपने बाप का घर बना देना चाहो तो मेरे जैसे आदमी के सामने बड़ी कठिनाई आ पड़ेगी। जान पड़ता है, कल सोमेन को उसकी बुआ के घर भेजना ही पड़ेगा। तुम क्या कहती हो?"

उषा ने कहा—"उसके भले के लिए यदि प्रयोजन हो तो पहुंचाना ही पड़ेगा।"

उसके बोलने में उत्ताप या श्लेष कुछ भी न पकड़ पाकर शैलेश दुविधा में पड़ गया। वह किसलिए यह सब कर रहा है, इसका कारण भी मन में बहुत दृढ़ या स्पष्ट नहीं है; किन्तु ऐसे दुर्बल-प्रकृति मनुष्यों का स्वभाव ही यह होता है कि वे काल्पनिक मनःपीड़ा और अनुचित अभिमान के दरवाजे से ही पग धरते तेजी से नीचे उतरते जाते हैं। कुछ देर चुप रहकर शैलेश ने कहा—"जरूरत है, यही सबका विश्वास है। जो सब आचार-व्यवहार, रीति-नीति हम मानते नहीं, उसीको लेकर भाई-बहन के बीच विवाद हो और समाज के सामने हंसी का पात्र बनना पड़े, यह मुझे अच्छा नहीं लगता।"

उषा ने प्रतिवाद नहीं किया। अपनी ओर से कैफियत देने की चेष्टा भी नहीं की, किन्तु उसके मुंह से हठात् एक लम्बी सांस निकल गई; निस्तब्ध कमरे में वह शैलेश के कानों तक पहुंची। उषा ने स्वयं कोई कलह नहीं किया; उसका पक्ष लेकर विभा के प्रति जो कटु बातें कही गई थीं, उनमें से एक भी उषा के अपने मुंह से न निकली थी, यह ऐसा सत्य था

कि उसे लेकर इशारा भी नहीं किया जा सकता और उसे भूला भी नहीं जा सकता। इसलिए क्षेत्रमोहन की गलती की सजा एक दूसरे ही आदमी के सिर पर नहीं थोपी जा रही है या इसमें बदले की भी कोई भावना नहीं है, इसे ही सिद्ध करने के लिए उसने फिर कहा—"जिसे विलायत जाकर लिखना-पढ़ना सीखना है, जिसे समाज के बीच चलना-फिरना है, बचपन से ही उसी जलवायु में उसका पालन-पोषण होना जरूरी है। बचपन से ही उसे अस्वाभाविक अवस्था में समय बिताने देना उसके प्रति गंभीर अन्याय एवं अविचार करना होगा।" इतना कहकर वह थोड़ी देर उत्तर की प्रतीक्षा करते रहे, फिर कहा—"यदि इस विषय में तुम्हारे पास कहने को कुछ नहीं है, तो वह दूसरी बात है। किन्तु मुंह बनाकर केवल लम्बी सांस निकालने से समाधान नहीं हो जाता। सोमेन के विषय में हमने सोच-समझकर ही निश्चय किया है।"

सोमेन पास ही सो रहा था। इस घर में और कोई स्त्री न होने के कारण आने के बाद से ही उषा उसे अपने पास सुलाती है। उसके निद्रित ललाट पर सस्नेह बायां हाथ धीरे-धीरे फेरते हुए उसने कहा—"तुम जो कुछ भी निश्चय करोगे, बच्चे के कल्याण के लिए ही करोगे। इसके सिवा क्या कोई कभी कुछ और सोच सकता है! ठीक है, तुम वैसा ही करो।"

बिजली का प्रकाश बुझ गया था किन्तु कमरे के एक कोने में धीमा-धीमा प्रकाश करता तेल का एक दीया जल रहा था। शैलेश अपने बिछौने पर उठकर बैठ गया और उस थोड़े-से प्रकाश में पास की शय्या पर लेटी उषा के मुंह की ओर टकटकी लगाकर देखने की चेष्टा करता हुआ बोला —"इसके अलावा वह सोमेन की पढ़ाई का भी सब खर्च देने को कहती है। यह भी तो कम लाभ नहीं है।"

किसी भी कारण से उषा के कण्ठस्वर में उत्तेजना नहीं प्रकट होती। शान्त भाव से बात करना उसका स्वभाव है। वह बोली—"नहीं, यह नहीं हो सकता। बच्चे को आदमी बनाने का खर्च मैं उन्हें नहीं देने दूंगी।"

शैलेश ने कहा—"उसके लिए बहुत रुपयों की जरूरत पड़ेगी।"

उषा उसी प्रकार शान्त कण्ठ से बोली—"जरूरत पड़ेगी तो दिया जाएगा। किन्तु अब रात को अधिक न जागो, तुम सो जाओ।"

दूसरे दिन शाम को जब शैलेश कालेज और क्लब से घर लौटा तो रसोईघर से एक चिरपरिचित और सुप्रिय गन्ध आती पाकर विस्मित और पुलकित होता हुआ पढ़ने के कमरे में घुसा। थोड़ी ही देर में चाय और नाश्ता लेकर जो व्यक्ति आया, शैलेश ने मुख उठाकर देखा, वह मुसलमान है।

रात को भोजन वाले कमरे में रोशनी जली और सजे हुए टेबल को देखकर शैलेश मन ही मन अस्वीकार न कर सका कि इसीके लिए उसका चित्त भीतर ही भीतर व्यग्र एवं व्याकुल हो उठा था।

डिनर की एक-दो ही डिश चल पाई थीं कि उषा आकर कुछ दूर एक कुर्सी खींचकर बैठ गई।

शैलेश का मन प्रसन्न था। वह मजाक करता हुआ बोला—"इस कमरे में आने से तुम्हारी जाति तो न चली जाएगी? शास्त्र में लिखा है कि सूंघने से आधा भोजन हो जाता है।"

उषा थोड़ा हंसकर बोली—"यह तुम्हारे लिए उचित नहीं है। जिस शास्त्र को तुम मानते नहीं, कुछ गिनते नहीं, उसकी दुहाई देना तुम्हें शोभा नहीं देता।"

शैलेश हंस पड़ा। बोला—"अच्छा, हार मान ली। शास्त्र की दुहाई मैं नहीं दूंगा, किन्तु तुम भी भागना मत। इतनी बात तो निश्चित है कि कल तुम्हें जो ताना दिया था, उसी के कारण आज ऐसी चीजें मिलीं। ठीक है न, उषा? किन्तु इससे क्या तुम्हारा खर्च बहुत ज्यादा बढ़ जाएगा?"

उषा ने सिर हिलाकर कहा—"नहीं, यदि अपव्यय न हो तो कोई भी चीज खाने से खर्चा अधिक नहीं होता। सोचा था, अगले महीने से मैं स्वयं ही यह सब करूंगी किन्तु इतना देखना, कोई चीज व्यर्थ नष्ट न हो। मैंने अपने हिसाब-किताब में जो लिख रखा है, वही होना चाहिए। होगा न?"

शैलेश ने आश्चर्य प्रकट करते हुए कहा—"होगा क्यों नहीं?"

उषा तुरन्त इसका कोई उत्तर न दे सकी। थोड़ी देर तक चुपचाप नीचे की ओर ताकती रही; फिर सहसा सिर उठाकर स्वामी के मुख पर

दृष्टि जमाती हुई बोली—"कल सारी रात सोच-सोचकर मैंने जो तय किया है, उसे छोड़ने के आदेश मुझे न देना। तुम्हारे चरणों में मेरी यही विनती है।"

शैलेश ने आर्द्रचित्त हो कहा—"ऐसा तो मैंने कभी करने की चेष्टा नहीं की, उषा! मैं निश्चित रूप से जानता हूं कि तुम्हारा सिद्धान्त तुम्हारे ही लायक है। उसमें उलटफेर नहीं हो सकता। होना उचित भी नहीं है। मैं दुर्बल हूं, किन्तु तुम्हारा मन जितना ही सबल है, उतना ही दृढ़ है।

उषा ने स्वामी के मुख पर से दृष्टि हटाकर धीरे-धीरे कहा—"निश्चय ही कुछ और नहीं हो सकता, मैंने इस पर विचार करके देख लिया है।"

शैलेश ने निश्चित रूप से समझा कि यह सोमेन की बात है। हंसकर बोला—"भूमिका तो हुई, अब बताओ कि तय क्या किया है? मैं शपथ-पूर्वक कहता हूं कि तुमसे अपनी राय बदलने का अनुरोध नहीं करूंगा।"

उषा दो-चार मिनट चुप बैठी रही। उसके बाद बोली—"हमारे भैया की गृहस्थी में हमारी जिन्दगी बीत रही थी—कोई विशेष कष्ट नहीं था। कल मैं फिर उन लोगों के पास चली जाऊंगी।"

"उनके पास जाओगी। कब लौटोगी?"

उषा ने कहा—"तुम मुझे क्षमा कर दो; मैं फिर लौट न सकूंगी। मैंने बहुत सोचकर देखा है, यहां मेरा रहना नहीं हो सकता। यही मेरा अन्तिम निश्चय है।"

यह बात सुनकर शैलेश एकबारगी ही मानो पत्थर हो गया। छाती के भीतर उसका समस्त चित्त निरन्तर मुगदर मार-मारकर कहने लगा कि लोहे के किवाड़ बन्द हो गए। उनको तोड़ने की ताकत इस दुनिया में में किसीकी नहीं है।

10

सवेरे नींद टूटने पर शैलेश को लगा मानो उसने सारी रात भयंकर दुःस्वप्न देखे हैं। खिड़की से झांककर देखा—उषा अपने नित्य के काम-धाम में लगी हुई है। सोमेन साथ-साथ लगा हुआ है—शायद खाने को कुछ मांग रहा है। सीढ़ी से उतरने के रास्ते में भेंट होने पर बोली—"तुम्हारी चाय तैयार कर दी है। हाथ-मुंह धोने में देरी करोगे तो ठण्डी हो जाएगी। जरा जल्दी करना।"

शैलेश ने कहा—"ठीक है, तुम भिजवा दो। मुझे एक मिनट की देरी भी न होगी।" इतना कहकर वह लपककर बाथरूम में घुस गया। मन ही मन कहा—'मैं भी कैसा ईडियट (मूर्ख) हूं। दाम्पत्य-कलह की युद्ध-घोषणा को भीष्म-प्रतिज्ञा समझकर मैंने सारी रात अशान्ति और चिन्ता में काट दी।' भोर-वेला में इसे सोचकर उसे न केवल हंसी आई, अपने ही प्रति लज्जा का बोध भी हुआ। गृहस्थी में कोई मतभेद अथवा जरा-सी कहा-सुनी हो जाने से ही यदि स्त्री ससुराल छोड़ भाई के घर जाकर आश्रय लेने लगे, तब तो मनुष्य नाम का कोई जीव दुनिया में बचता ही नहीं। सोमेन की मां होती तो शायद दस-पांच दिन के लिए कुछ भय भी रहता किन्तु उषा के समान शुद्ध हिन्दू आदर्शों पर गढ़ी हुई स्त्री—जिसे धर्म और पति के अतिरिक्त दुनिया की चिन्ता ही न हो—यदि क्रोध की बात को लेकर अपने जन्म-भर की शिक्षा और संस्कार को छोड़ दे तो फिर संसार में और बाकी क्या बचेगा? ऐसी बात को लेकर चिन्तित होने से बढ़कर और पागलपन क्या हो सकता है? इन्हीं बातों को अनेक रूपों में पाकर उसका भय और चिन्ता दूर हो गई और हृदय शान्ति एवं प्रीति के रस से भर गया। फिर स्वतः इच्छा किए बिना ही उसने उषा के साथ विभा एवं उसके शिक्षित समाज की और भी दो-चार महिलाओं की मन ही मन तुलना कर डाली और लम्बी सांस लेकर बोला—"रहने दो बाबा, अब और नहीं चाहिए कुछ। यदि मेरी अपनी कन्या कभी हो तो वह अपनी मां-जैसी ही हो और यदि वह इसी प्रकार की शिक्षा-दीक्षा पावे तो मैं भगवान को धन्यवाद दूंगा।" इतना कहकर पांच-छः मिनट के

अन्दर ही तैयार होकर वह अपने पढ़ने के कमरे में जा पहुंचा।

नया रखा हुआ मुसलमान खानसामा चाय, रोटी, मक्खन, केक आदि प्रातःकालीन नास्ते की चीजें लेकर हाजिर हुआ तो शैलेश सहसा चौंक पड़ा। यही सब चीजें खाने का तो वह सदा से अभ्यस्त था; बीच में चन्द दिन इसमें बाधा पड़ी थी, किन्तु जब उन चीजों को टेबल पर रखकर बेयरा चला गया तो उन चीजों की ओर देखने में भी उसे अरुचि होने लगी। जब से उषा घर में आई है, तब से इन चीजों की जगह नमकीन, कचौड़ी इत्यादि अपने हाथ से तैयार की हुई चीजें चाय के साथ आती थीं और वह स्वयं भी उपस्थित रहती थी, किन्तु आज वह सब कुछ न देखकर खाने की ओर उसे रुचि ही नहीं हुई। केवल एक प्याला चाय केतली से ढाल-कर रख ली और खानसामा को बुलाकर और सब चीजें वापस कर दीं। इसके बाद पर्दे के बाहर एक अत्यंत परिचित पदध्वनि सुनाई पड़ने की प्रतीक्षा में कान खड़े कर लिए। नाश्ता न करने की कड़ी कैफियत देने का विचार भी उसने मन में पक्का कर लिया। धीरे-धीरे, फिजूल देरी करके प्याला जब समाप्त किया तो चाय बिल्कुल ठण्डी और बेस्वाद हो गई थी। लौटकर नौकर खाली प्याला उठा ले गया किन्तु जिस पग-ध्वनि को सुनने की आकांक्षा मन में थी, वह न सुनाई पड़ी; उषा कमरे में नहीं आई।

धीरे-धीरे दिन चढ़ आया। स्नान-भोजन करके कालेज के लिए तैयार होना है। खाने के समय, और दिनों की तरह आज भी उषा पास आकर बैठ गई। आग्रह, यत्न और बातचीत किसी में कोई अन्तर घर के किसी प्राणी को दिखाई न पड़ा। दिखाई पड़ा केवल शैलेश को। एक ही रात में, कोई प्राणी बिना चेष्टा के, बिना आडम्बर के कितनी दूर चला जा सकता है, इसे अनुभव कर वह बिल्कुल सन्न रह गया। कालेज की पोशाक पहनने के लिए कमरे में आने पर देखा कि सामने टेबल पर वही हिसाबवाली छोटी कापी रखी हुई है। शायद कल से ही इस तरह पड़ी है। उसने ध्यान न दिया होगा अन्यथा यह कापी उसके लिए उषा अभी-अभी रख गई है, यह तो संभव नहीं है। आज भी तो महीना खत्म नहीं हुआ है—अकस्मात् इसे इस जगह रखने की आवश्यकता किसलिए हुई? उसका गले में टाई बांधता हुआ हाथ अचानक रुक गया। कुछ उत्सुकतावश, कुछ

अन्यमनस्कता के साथ एक-एक करके पन्ने उलटते हुए अन्तिम पन्ने पर आकर दृष्टि ठहर गई। हर पन्ने में एक ही बात है—शाक, आलू परवल, चावल की बोरी, दूध के दाम, नौकरों की तनखाह—कल तक का कुल खर्चा जोड़कर शेष बचे रुपयों की रकम साफ-साफ लिखी हुई है।

इस हिसाब का जिस दिन आरम्भ हुआ उस दिन वह इलाहाबाद में था। तब भी उसमें उसका कोई हाथ नहीं था और आज यदि इस जगह आकर उसकी समाप्ति हो जाती है तो भी उसमें उसका हाथ नहीं। बहुत देर तक, पहले दिन के पहले पृष्ठ पर शैलेश आंख गड़ाए रहा। यह चीज उसकी गृहस्थी में केवल दो दिन ठहर पाई। पहले भी नहीं थी और यदि आगे भी न रहेगी तो उसकी गृहस्थी का चलना बन्द नहीं हो जाएगा—शायद दो दिन बाद वह खुद ही भूल जाएगा। तब भी आज उसे न जाने कितनी बातें याद आ रही हैं। वह कापी बन्द करके फिर से टाई बांधने लगा। टाई बांधते समय भी उसके मन में बार-बार यही बात सबके ऊपर आने लगी कि दुनिया में किसी भी चीज का मूल्य एकान्त रूप से नहीं लगाया जा सकता। इस हिसाब की तरह ही एक दिन इस कापी की बड़ी जरूरत थी और अब वही सब एक दिन निरर्थक हो जाएगा।

अन्त में जब पोशाक पहनकर शैलेश बाहर निकला तो मन में हजार-हजार इच्छा होने पर भी वह उषा को बुलाकर कोई बात न पूछ सका। अज्ञात भविष्य के बीच उसका मन मानो बार-बार पछाड़ खा-खाकर मरने लगा। फिर भी अनिश्चित आशंका को सुनिश्चित दुर्घटना में दृढ़ कर लेने का साहस वह अपने अन्दर किसी प्रकार खोज नहीं पाया।

11

कालेज से छुट्टी होने के बाद शैलेश घर न लौटकर सीधे विभा के घर पहुंचा। वहां पहुंचकर देखा कि उनका अनुमान सर्वथा गलत नहीं है। बहनोई कचहरी नहीं गए थे और इसी बीच पति-पत्नी में एक प्रकार की

सुलह हो गई थी। यह देखकर उसे बड़ी तृप्ति हुई। उसने कहा—"सोमेन को लाने के लिए तुमने आदमी नहीं भेजा, विभा?"

विभा कुछ कहने जा रही थी कि क्षेत्रमोहन बोल उठे—"जिसने हाथी खरीदा था, वह अब नहीं रहा।"

"इसका मतलब?"

क्षेत्रमोहन ने कहा—"तुमने वह कहानी नहीं सुनी है। किसी मतवाले ने नशे की झोंक में राजा का हाथी खरीदना चाहा था। दूसरे दिन इस बेअदबी के लिए कैफियत मांगने पर उसने हाथ जोड़कर कहा कि उसे हाथी की जरूरत नहीं है, कारण हाथी का जो असली खरीदार था, वह अब नहीं रहा, चला गया है।" इतना कहकर वह अपनी रसिकता पर स्वयं हंसने लगे और हंसी रुकने पर बोले—"यह कहानी सुनाकर भाभीजी को नाराज होने से रोकना, शैलेश! सचमुच अब खरीदार नहीं रहा, चला गया है। मां की अपेक्षा यदि बुआ के पास रहने से कोई लड़का आदमी बनता हो तो फिर न होगा तो कर्ज लेकर मैं विभा के लिए एक हाथी ही खरीद दूंगा।" इतना कहकर वह विभा से छिपकर पुनः हंसने लगे।

किन्तु उस हंसी में शैलेश ने साथ नहीं दिया। पीके इस परिहास का सूत्र पकड़कर विभा का सोया हुआ क्रोध कहीं जग न जाए, इस भय से प्राणपण से अपने को रोककर चुप ही रहा।

क्षेत्रमोहन ने लज्जित होकर कहा—"क्या बात है, शैलेश?"

शैलेश ने कहा—"विभा की बातों से मैं सोमेन के सम्बन्ध में बहुत-कुछ निश्चिन्त हो गया था। किन्तु जब वह बात नहीं हो सकती तो कोई नई व्यवस्था मुझे करनी ही होगी।"

क्षेत्रमोहन ने कहा—"अर्थात् डायन के हाथ में लड़के को रखा नहीं जा सकता। यही न?"

शैलेश बोला—"इस कटूक्ति का जबाव दिए बिना ही यह बात कही जा सकती है कि उषा जल्द ही चली जाएगी।"

"चली जाएगी? कहां?"

शैलेश ने कहा—"जहां से आई थी—अपने भैया के घर?"

क्षेत्रमोहन के मुंह का भाव बहुत गम्भीर हो उठा। उन्होंने पत्नी के

मुंह की ओर तिरछी नजर से देखते हुए कहा—"मुझे इसी तरह का कुछ भय हो रहा था, शैलेश!"

विभा ने इतनी देर से एक भी बात नहीं कही थी। पति के सुपरिचित कण्ठ स्वर का अर्थ उसने समझा, किन्तु मुंह फिराकर सहज स्वर में ही पूछा—"भैया मुझे निमित्त बनाकर ही क्या तुम यह व्यवस्था करने जा रहे हो? यदि यह बात है तो मैं निषेध नहीं करूंगी किन्तु इतना कहे देती हूं कि एक दिन तुम दोनों को ही रोना पड़ेगा।"

शैलेश ने सिर हिलाकर बताया कि ऐसी बात नहीं है। इसके बाद मुसलमान नौकर रखने की बात से शुरू करके आज सुबह उस खर्च की कापीवाली बात तक सारी कथा क्रम से सुना दी और कहा—"मैंने जाने को नहीं कहा है किन्तु जाने में बाधा भी नहीं दूंगा। इसके कारण बन्धु-बान्धवों के बीच आलोचना छिड़ेगी और उससे मेरा यश बढ़ेगा नहीं, यह भी मैं जानता हूं किन्तु बहुत बड़ी भूल का परिमार्जन हो गया; इसके लिए मैं भगवान को हृदय से धन्यवाद दूंगा।"

विभा मुंह बन्द किए बैठी रही। क्षेत्रमोहन ने भी बहुत देर तक कोई राय प्रकट नहीं की। शैलेश ने कहा—"तुम लोगों को सब कुछ बतला देना अपना कर्तव्य समझकर ही मैं आया हूं। जिससे कम से कम तुम लोग तो हमें गलत न समझो।"

क्षेत्रमोहन ने जोर से सिर हिलाकर कहा—"नहीं, किसकी ताकत है कि ऐसा समझे। हां जी, शैलेश! भवानीपुर वाली जो बात एक बार चली थी, इस बीच उनमें से किसी ने कुछ खोज खबर ली थी क्या?"

शैलेश ने असहिष्णु होकर कहा—"तुम्हारा संकेत इतना अभद्र और हीन है कि अपने को संभालना कठिन है। तुम्हें केवल यही समझकर माफ किया जा सकता है कि तुम्हें मालूम नहीं कि तुम कहां चोट कर रहे हो।" इतना कहकर भीतर के उत्ताप से एक बार हिल-डुलकर वह पुनः सीधा बैठ गया।

क्षेत्रमोहन ने उसके मुंह की ओर ताककर, अविचलित भाव से एवं सहज रूप में स्वीकार करते हुए कहा—"ठीक बात है। तुम्हारी वह जगह कहां है, मैं सचमुच समझ नहीं पाया।"

शैलेश ने बहुत चोट खाकर कहा—"अपनी स्त्री के साथ ही उस दिन तुम जैसा व्यवहार कर चुके हो, उसे देखते मैं तुमसे और क्या आशा कर सकता हूं! तुम्हारे दंभ को आघात लगेगा, इसीसे कभी कुछ नहीं कहा, किन्तु शायद बहुत पहले ही कह देना उचित था।"

क्षेत्रमोहन ने मटकते हुए जरा हंसकर कहा—"यही तो बात है, शैलेश, इट रिमाइंड्स—यह याद दिलाती है—स्त्री के प्रति व्यवहार की। वह आज भी ठीक तरह से सीख नहीं पाया हूं, सीखने की उम्र भी बीत गई है। तुम यदि इस विषय पर एक किताब लिख दो तो बड़ा अच्छा हो, भैया! अच्छा तुम भाई-बहन एकान्त में बैठकर परामर्श करो; मैं आता हूं।" इतना कहकर वह अचानक खड़े हो गए और तेजी के साथ चले गए।

शैलेश चिल्लाकर बोला—"किताब लिखने में शायद देर हो सकती है, किन्तु तब तक सुन जाओ कि तुमने भवानीपुर का उल्लेख करके जो व्यंग्य किया है, सो वे हमारी खोज-खबर लें या न लें, मुझे ही चेष्टा करके उनकी खोज-खबर लेनी होगी।"

क्षेत्रमोहन ने दरवाजे के बाहर से ही जवाब दिया—"जरूर लेनी होगी। अब भी बहुत विलम्ब हो गया है।"

दूसरे दिन सवेरे ही क्षेत्रमोहन पटलडांगा के मकान पर जा पहुंचे। शैलेश नहाने की तैयारी कर रहा था। अचानक असमय बहनोई को देखकर बहुत विस्मित हुआ। कल की अत्यन्त अप्रीतिकार घटना के बाद उनके इस प्रकार अयाचित और इतनी जल्दी आने की आशा उसे नहीं थी। मन ही मन बहुत लज्जा का अनुभव कर उसने कहा—"आज क्या हाईकोर्ट बन्द है?"

क्षेत्रमोहन ने हंसकर कहा—"यह बेकार का सवाल है।"

शैलेश ने कहा—"तब क्या प्रैक्टिस छोड़ दी है?"

क्षेत्रमोहन ने कहा—"यह उससे भी फिजूल का सवाल है।"

शैलेश ने कहा—"शायद मैं भी फिजूल हूं। मेरे नहाने का समय हो गया है, इसके लिए तुम्हें एतराज तो न होगा?"

क्षेत्रमोहन ने जवाब दिया—"तुम जा सकते हो।"

"भाभीजी! मैं अन्दर आ सकता हूं?"

इस मकान में पूजा का कोई अलग कमरा न था इसलिए शय्यागृह के कोने में आसन बिछाकर उषा नित्य-पूजन की तैयारी कर रही थी। कण्ठस्वर पहचानकर भीगे पर आंचल खींचते हुए बुलाया—"आइए!"

क्षेत्रमोहन कमरे में आते ही झेंप गए। बोले—"असमय में आकर मैंने अन्याय किया है। अचानक पिता घर जाने का विचार कैसे आ गया? क्या पिता बीमार हैं?"

उषा ने कहा—"पिता तो जीवित नहीं हैं।"

"ओह! तब क्या मां बीमार हैं?"

उषा ने कहा—"वह तो पिताजी से भी पहले चली गईं।"

क्षेत्रमोहन ने घोर विस्मय प्रकट करते हुए कहा—"तब फिर कहां जा रही हैं? और कौन है? ऐसी जगह तो किसी तरह आना नहीं हो सकता। शैलेश की बात छोड़ दीजिए, पर हम लोग तो राजी नहीं हो सकते।"

उषा मुंह नीचा किए मीठी हंसी हंसकर बोली—"राजी नहीं होंगे?"

"नहीं, किसी तरह नहीं।"

"किन्तु मेरा इतना समय तो भैया के घर में ही कट गया है, क्षेत्र बाबू! अचल होकर तो रही नहीं।"

क्षेत्र बाबू ने कहा—"यदि सचमुच ही जा रही हैं तो यह भी बताती जाइए कि कितने दिन में लौट आएंगी। नहीं तो किसी तरह न जाने पाएंगी।"

उषा चुप रही। क्षेत्रमोहन ने कहा—"किन्तु सोमेन?"

उषा ने कहा—"उसकी बुआ जो हैं।"

क्षेत्रमोहन ने अचानक हाथ जोड़कर कहा—"वह मेरी पत्नी है। मैं उसकी ओर से क्षमा की भिक्षा मांगता हूं।"

उषा चुप रही।

"क्षमा नहीं कर सकेंगी?"

उषा उसी तरह सिर झुकाए चुप बैठी रही। कुछ देर तक उत्तर की प्रतीक्षा करने के बाद, क्षेत्रमोहन ने सांस लेकर धीरे-धीरे कहा—"जब

जगत् में अपराध है तब उसका दु:खभोग भी है और होने की बात भी है। किन्तु क्या बता सकती हैं कि इसका न्याय-विचार क्यों नहीं है?"

उषा ने कहा—"अर्थात् एक आदमी के अपराध का दण्ड दूसरे को क्यों भोगना पड़ता है? भोगना पड़ता है, इतना ही जानती हूं किन्तु क्यों भोगना पड़ता है, यह मैं नहीं जानती, क्षेत्रमोहन बाबू।"

"कब जाएंगी?"

"भैया के लेने आते ही। कल भी वह आ सकते हैं।"

कुछ देर तक चुप रहकर क्षेत्रमोहन बाबू ने कहा—"सोचा था, एक बात आपको कभी न बतलाऊंगा किन्तु आज सोचता हूं कि उसे छिपाना मेरे लिए अपराध होगा। आपके आने के पहले इस घर में एक और प्राणी के आने की सम्भावना हुई थी। लगता है, वह बिल्कुल समाप्त नहीं हुआ है।"

उषा ने कहा—"मैं जानती हूं।"

क्षेत्रमोहन ने कहा—"तब आप क्रोध करके अन्त में उसी षड्यन्त्र को विजयी होने देंगी? इससे…"

बात पूरी नहीं हो पाई। उषा ने शान्त परन्तु दृढ़ स्वर में कहा—"विजयी हो या पराजित हो, क्षेत्रमोहन बाबू, आप मुझे क्षमा कर दें।" इतना कहकर उषा ने दोनों हाथ जोड़ दिए और इतनी देर बाद क्षेत्रमोहन के मुंह की ओर आंखें उठाकर देखने लगी।

उस दृष्टि के सामने क्षेत्रमोहन अवाक् होकर ताकते रह गए।

12

अपनी पत्नी से बातचीत करना शैलेश ने बन्द कर दिया किन्तु उषा ने वैसा नहीं किया। उसके आचरण में जरा भी परिवर्तन नहीं हुआ—गृहस्थी के सब काम-काज वह ठीक उसी तरह करती जा रही है। मुंह खोलकर शैलेश कुछ भी पूछ नहीं सकता; सबसे मुश्किल उसे यह सोचकर

हो रही थी कि जो प्राणी इस घर को सदा के लिए छोड़कर जा रहा है उसी के प्रति उसकी इतनी ममता कैसे बनी हुई है? आज सुबह ही उसने कानों से सुना है कि दीवार में हाथ पोंछ देने के अपराध में उषा नये नौकर को बुरा-भला कह रही है। यद्यपि अभ्यास के कारण काम-काज में भूल-भ्रम उससे नहीं होता था, किन्तु फिर भी उसकी सतर्क दृष्टि में कहीं जरा भी शिथिलता आते शैलेश ने नहीं देखी। उषा को भली भांति जानने का समय उसे नहीं मिला; थोड़ा ही जान पाया है। किन्तु जो कुछ भी जान सका है उसी के कारण वह इतना समझ चुका है कि अब उसे जाने के संकल्प से विचलित नहीं किया जा सकता। साधारण मानव-चरित्र का जो कुछ भी ज्ञान इस उम्र में उसने संचित किया है उसके सम्बन्ध में एक बड़ा भारी गोल-माल—एक आंख से हंसना, दूसरी से रोना—शैलेश के मन को निरन्तर घूमनेवाले गोल झूले पर घुमा-घुमाकर मार रहा है।

क्षेत्रमोहन आए और अचानक रसोईघर के दरवाजे के सामने पहुंच गए। बोले—"भाभीजी, प्रसाद पाने में अब कितना विलम्ब है?"

उषा ने माथे पर का कपड़ा थोड़ा और खींच लिया तथा हंसते हुए कहा—"यह बात तो आप अपने साले साहब से पूछकर आइए, नहीं तो मेरे यहां तो सब कुछ तैयार है।"

क्षेत्रमोहन ने कहा—"आप ठगाई जाने वाली प्राणी नहीं हैं किन्तु मैं स्वयं तो ठगा गया। भोजन की बहार देखकर तो पेट भरा होने पर भी लोभ सता रहा है, भाभीजी! किन्तु बीमार हो जाने का भय लगता है। निमंत्रण कैंसिल कर देने से काम न चलेगा, और किसी दिन आकर खा जाऊंगा।"

उषा चुप्पी साधे रही। क्षेत्रमोहन बोले—"आपका लड़का कहां है?"

उषा ने कहा—"आज न जाने क्या सोचकर वह किसी तरह स्कूल जाने को तैयार ही न था। किसी तरह थोड़ा खिला-पिलाकर अभी उसे भिजवाया है।"

क्षेत्रमोहन बोले—"वह आपको बहुत प्यार करता है।" फिर कुछ हंसकर कहा—"अच्छी बात है। आपके मायके जाने के प्रस्ताव का क्या हुआ? सच तो यह है, भाभीजी, कि क्रोध में आप-जैसी नारी के मुंह से

यदि इस तरह की निर्बन्ध बात निकल जाए तब इस संसार में भरोसा करने को और क्या रह जाएगा?"

उषा ने इस अभियोग का कोई उत्तर नहीं दिया, सिर झुकाए चुप बैठी रही।

उषा के कमरे से बाहर निकलकर क्षेत्रमोहन शैलेश के पढ़ने के कमरे में पहुंचे। शैलेश स्नान के बाद शीशे के सामने खड़ा होकर बालों में कंघी कर रहा था; उसने सिर फिराकर देखा।

क्षेत्रमोहन ने पूछा—"आज कालेज बन्द है क्या?"

"नहीं। किन्तु पहले दो घण्टों में क्लास नहीं है।"

क्षेत्रमोहन ने ठण्डी सांस लेकर कहा—"मजे में हो। किन्तु भाभीजी को मायके भेजने के बारे में क्या आयोजन किया?"

शैलेश ने कहा—"जो कुछ आयोजन करना होगा वह चले जाने के बाद ही करूंगा। सुना है, कल उनके भैया आकर लिवा ले जाएंगे।"

क्षेत्रमोहन बोले—"तुम ईडियट (मूर्ख) हो। ऐसी स्त्री से तुम्हारी पटरी नहीं बैठ सकेगी भाई; इससे अच्छा तो यही होगा कि हम अदला-बदली कर लें। तुम भी भजे में रहोगे, और मैं भी सुख से रहूंगा।"

शैलेश ने बहुत विरक्त होकर कहा—"उम्र में अधेड़ हो गए क्षेत्र, अब तो इस प्रकार के भद्दे मजाक करना छोड़ दो।"

क्षेत्रमोहन बोले—"छोड़ क्या अपनी साध से नहीं पाता हूं, भाई? तुम लोगों के व्यवहार के कारण छोड़ नहीं पाता। उन्होंने बड़ी व्यथा पाकर कहा—'मायके चली जाऊंगी।' तुमने कुछ इस तरह जवाब दिया—'जाती हो तो जाओ।' अभी भवानीपुर मेरे हाथ से गया नहीं है। यह सब कैसा व्यवहार है? भाई-बहन एक ही सांचे में ढले हो। जाने दो, मैं सब रफा-दफा करके आ रहा हूं। उनका जाना-बाना नहीं होगा। किन्तु अब तुम चोंच मारकर और घाव न करना।" अचानक घड़ी की ओर देखकर क्षेत्रमोहन चौंक पड़े—"ओह! बड़ी देर हो गई। अब तो चलता हूं, कल सुबह आऊंगा।" लौटने को तैयार होकर सहसा स्वर धीमा करके बोले—"कुछ दिन थोड़ा बना-बनूकर चलो न, शैलेश! अध्यापक के घर की लड़की है, अनाचार सहन नहीं कर सकती। वह सब खाना-बाना दो दिन न खाओ।

फिर यह सब ठीक भी तो नहीं है—खर्चे की ओर ही ध्यान देकर देखो! अच्छा, चलता हूं, भाई!" इतना कहकर जवाब का इन्तजार न करके तेज कदमों से बाहर चले गए।

शैलेश कुछ क्षणों तक सन्न होकर खड़ा रहा। क्षेत्रमोहन कब आए, क्या कहकर, क्या करके सहसा सब मामला उलट-पुलट गए, यह सब वह सोच ही न सका।

बेयरा ने आकर सूचना दी कि खाना परोस दिया गया है उत्तर की ओर के ढके बरामदे में, नियमानुसार, आसन बिछाकर जगह की गई है। रोज की तरह अनेक प्रकार के अन्न-व्यंजन परोसकर उषा पास ही बैठी है। शैलेश सिर झुकाकर खाने बैठ गया। कई बार उसकी इच्छा हुई कि क्षेत्र-मोहन की कही हुई बात की आमने-सामने जांच करके समयोचित दो मीठी बातें कर जाए किन्तु किसी भी तरह वह मुंह नहीं खोल सका, किसी तरह यह बात पूछ न सका, यहां तक कि सोमेन के बहाने से भी कोई बातचीत शुरू नहीं कर सका। अन्त में खाना समाप्त होने पर वह चुपचाप उठकर चला गया।

13

दूसरे दिन सवेरे ही अविनाश आ पहुंचा। उस समय शैलेश हाथ-मुंह धोने के बाद पढ़ने के कमरे में चाय पीने जा रहा था। घर में इस अपरिचित व्यक्ति को देखकर उसकी छाती धक से हो उठी।

पूछा—"आप कौन हैं?" आगन्तुक उषा का छोटा भाई था। उसने अपना परिचय देकर कहा—"दादा स्वयं नहीं आ सके। दीदी को ले जाने के लिए मुझे भेजा है।"

"ठीक तो है, ले जाओ।" यह कहकर शैलेश अपने कमरे में चला गया। वहां नाश्ते की सब चीजें टेबल पर सजी हुई थीं किन्तु केवल एक

प्याला चाय डालकर वह अपनी आरामकुर्सी पर जा बैठा। बाकी सब चीजें पड़ी रहीं। उन्हें छूने की भी रुचि नहीं हुई। उषा के मायके से किसीके आकर ले जाने की बात तो निश्चित थी ही, इसलिए अविनाश को देखकर शैलेश के चौंकने का कोई कारण न था। और आया है इसलिए दूसरे को जाना ही पड़ेगा, ऐसी भी कोई बात न थी। हो सकता है शायद अन्त में जाना ही हो। किन्तु इस विषय में कोई निश्चित बात न जानने तक शैलेश का तन-मन कैसा होने लगा, उसकी उपमा देना कठिन है। आज सवेरे ही क्षेत्रमोहन के आने की बात थी, किन्तु वह या तो भूल गए या किसी काम में फंसकर रह गए, उसकी यह आशंका और सब आशंकाओं को पार कर गई। वह आ जाएं तो कुछ एक निर्णय हो जाए। इस समय उसे इसीकी एकमात्र आवश्यकता है। अधैर्य की उत्तेजना में उसे भय होने लगा कि कहीं वह अपने को रोक न सके और खुद ही दौड़कर उषा से पूछ न बैठे कि कल क्षेत्र मोहन से उसकी क्या-क्या बातें हुई थीं। शैलेश को जैसे अपने ही ऊपर विश्वास नहीं हो रहा था और इस प्रकार जब घड़ी की तरफ बार-बार देखकर समय काटे नहीं कट रहा था, ऐसे समय भारी पर्दे को हटाकर जिस व्यक्ति ने सहसा प्रवेश किया वह एकमात्र-प्रतीक्षित क्षेत्रमोहन नहीं—अविनाश है। शैलेश ने मुंह उठाकर देखा और एक पुस्तक उठा ली। उसकी सारी देह में मानो आग लग गई।

अविनाश बैठने ही जा रहा था किन्तु खाने की चीजों पर नजर पड़ते ही दूसरी तरफ एक कुर्सी और कुछ दूर खींचकर बैठ गया। जान पड़ता है, उसे इसका पहले से ही भरोसा न था कि गृहस्वामी उसका स्वागत करेंगे, किन्तु जब उन्होंने उससे आने का कारण तक नहीं पूछा, तब अविनाश को स्वयं ही बात करनी पड़ी। बोला—"इसी ढाई की गाड़ी से दीदी जाना चाहती हैं।"

शैलेश ने मुंह ऊपर उठाकर कहा—"जाना चाहती हैं? क्यों, क्या मेरी ओर से उन्हें रोके जाने की आशंका हो रही है?"

अविनाश अभी लड़का ही है। इसका क्या जवाब दे, यह उसे नहीं सूझा, उसने केवल इतना कहा—"जी नहीं।"

दरवाजे के बाहर चूड़ी की आवाज सुनकर शैलेश का मन और खट्टा

हो गया। बोला—"नहीं, मेरी ओर से उन्हें जाने के लिए कोई मनाही नहीं है।"

अविनाश चुप बैठा रहा। शैलेश ने सवाल पूछा—"तुम्हारे दादा (भैया) के आने की बात सुनी थी। वह क्यों नहीं आए?"

अविनाश ने संकुचित होकर बहुत धीरे-धीरे कहा—"उन्हें मुझे भेजने की भी इच्छा नहीं थी।"

"क्यों?"

अविनाश चुप रहा।

शैलेश ने कहा—"तुम अभी बच्चे हो। तुम्हें सब बातें कही भी नहीं जा सकतीं; कहने से कोई फायदा भी नहीं है। फिर भी तुम्हारे दादा अगर कभी जानना चाहें तो उनसे कह देना कि इस मसले में उषा की कोई गलती नहीं है; गलती या भूल अगर कुछ हुई है तो वह मेरी है। उसको बुलवाना ही मेरे लिए उचित न था।"

जरा रुककर फिर कहने लगा—"मेरे मन में हुआ कि पिताजी अन्याय कर गए हैं। बहुत दिनों के बाद, अवस्था-वश जब अवसर आया तब मैंने सोचा कि अब उसका प्रतिकार हो जाएगा। तुम्हारी दीदी आई तो जरूर, किन्तु एक दोष सौ-सौ दोष बनकर दिखाई पड़ा।"

अविनाश मौन बैठा रहा। इसका और क्या उत्तर है! उसी समय अचानक दूसरी ओर का दरवाजा ठेलकर क्षेत्रमोहन ने प्रवेश किया। शैलेश ने ताककर देखा, किन्तु रुक न सका। कठोर बात का स्वभाव ही यह है कि वह अपने ही भार से और कठोर होती जाती है। उषा आड़ में खड़ी थी; अचूक निशाना साधकर उसे निरन्तर बेधने के लिए, निर्दय उत्तेजना से ज्ञानशून्य हो शैलेश कहने लगा—"यह सच है कि तुम्हारी बहन से मैंने एक दिन शादी की थी, किन्तु उन्हें किसी तरह सहधर्मिणी नहीं कहा जा सकता। हमारी शिक्षा-दीक्षा, समाज और धर्म कुछ भी एक नहीं है। जोर-जबर्दस्ती से अपने यहां रखकर यदि मैं अपने इस घर को स्मृति-शास्त्र की पाठशाला बना दूं तो मेरी एक-मात्र बहन दुःख एवं क्षोभ से पराई हो जाएगी। और एकमात्र लड़का कुशिक्षा और बुराइयों से भर उठेगा। ऐसा तो मैं किसी तरह भी होने नहीं दे सकता। फिर भी मैं इसके

लिए उनका कृतज्ञ हूं कि जो कुछ मैं मुंह खोलकर कह नहीं पा रहा था, उसे कहने के दुरूह कर्तव्य को उन्होंने स्वयं ही पूरा कर दिया।

क्षेत्रमोहन विस्मय से अवाक् होकर देखते रह गए। शैलेश दुर्बल स्वभाव का आदमी है। कोई कठोर बात कहना उसकी प्रकृति के सर्वथा विरुद्ध है। किन्तु वह उन्मत्त की भांति यह सब क्या कह रहा है। क्षेत्रमोहन को पहले ही यह समाचार मिल चुका था कि उषा का छोटा भाई ले जाने के लिए आया है। इसलिए यह अपरिचित आदमी वही है, इसमें उसे कोई सन्देह नहीं रह गया। उसीके सामने शैलेश यह सब क्या बक रहा है। क्षेत्रमोहन व्यग्र हो अनुनयपूर्वक प्रायः दोनों हाथ जोड़कर बोल उठे—"देखिए, अपनी दीदी से यह सब कुछ भी न कहिएगा।"

अपरिचित लड़के ने दरवाजे की ओर उंगली दिखाते हुए सिर हिलाकर कहा —"मुझे कुछ भी जताना न पड़ेगा; बाहर खड़ी होकर दीदी अपने ही कानों सब सुन रही हैं।"

"बाहर खड़ी हैं? इसी जगह?"

प्रत्युत्तर में लड़के के जवाब देने से पहले ही शैलेश ने स्पष्ट करते हुए कहा—"हां, मैं जानता हूं क्षेत्र, वह इसी जगह खड़ी हैं।"

जवाब सुनकर क्षेत्रमोहन सन्न और विवर्ण होकर बैठे रह गए।

उसी दिन दो-तीन घण्टे बाद बहन को लेकर अविनाश स्टेशन की ओर रवाना हुआ तो सोमेन अपनी बुआ के घर था; उसके पिता कालेज में और क्षेत्रमोहन हाईकोर्ट की बार लाइब्रेरी में बैठे हुए थे।

दूसरे दिन सुबह चाय की टेबल पर बैठी विभा ने स्वामी की ओर कटाक्ष करते हुए पूछा—"दादा क्या कर रहे हैं, देखो?"

क्षेत्रमोहन ने कहा—"देखा तो हाथ में एक किताब है, किन्तु असल में जान पड़ता है, अफसोस कर रहे हैं।"

विभा ने पूछा, "वह काम तुम कब करोगे?"

"कौन काम? पुस्तक लेने का,या अफसोस करने का?"

विभा ने कहा—"किताब तो अब तुम्हारे हाथ में शोभा न देगी; मैं दूसरी ही बात के लिए पूछती हूं।"

क्षेत्रमोहन ने चोट खाकर कहा—"भाई को बुलाकर मायके चली

जाओगी तो शायद अफसोस कर सकूं।"

विभा का मन आज खुश था; इसलिए वह नाराज नहीं हुई। बोली —"यह काम तो, जान पड़ता है, मैं न कर सकूंगी क्योंकि हिन्दुत्व का जप-तप और छुआछूत की शिक्षा सीखने की सुविधा मुझे बचपन से ही नहीं मिली।"

आजकल क्षेत्रमोहन पत्नी की बातों पर प्रायः चिढ़ जाया करते थे, किन्तु इस समय क्रोध दबाकर सहज स्वर में बोले—"तुम्हारा बहुत बड़ा दुर्भाग्य है कि तुम्हें यह सब सीखने का सुअवसर नहीं मिला। यदि मिला होता तो शायद इतनी बड़ी विडम्बना आज तुम्हारे दादा के जीवन में घटित न हुई होती।" इतना कहकर वह कमरे को छोड़कर चले गए।

14

भवानीपुर की उस सुशिक्षिता पात्री को सुपात्र तक पहुंचाने की चेष्टा फिर आरम्भ हो गई। विभा पति के आन्तरिक विराग के भय से ऊपर से तो इस काम में सहायता नहीं कर सकी किन्तु अपनी सहज सहानुभूति अनेक प्रकार से प्रकट करने से विरत भी नहीं रही। कन्यापक्ष के अनुरोध पर जब एक दिन क्षेत्रमोहन ने सीधा सरल प्रश्न किया तब शैलेश ने अस्वीकार करते हुए सहज भाव से कहा—"जीवन का ज्यादातर हिस्सा तो बीत चुका, क्षेत्र! अब जो थोड़े से दिन रह गए हैं, उनके लिए कोई नया झंझट सिर पर लेने का साहस नहीं होता। सोमेन है, तुम लोग आशीर्वाद दो कि वह जीता रहे—हमें और ऐसे किसी झमेले में पड़ने की जरूरत नहीं है।"

मनुष्य की निष्कपट बात समझकर क्षेत्रमोहन ने आज मन ही मन वेदना का अनुभव किया। इसके बाद वह अदालत से लौटते हुए प्रायः शैलेश के यहां आने लगे।

घर में गृहणी नहीं है, सन्तान नहीं है, दो-तीन नौकर मिलकर गृहस्थी चलाते हैं—देखते-देखते सम्पूर्ण घर की ऐसी विशृंखल बिखरी-बिखरी शुक्ल हो गई कि देखकर क्लेश का अनुभव होता है। प्रायः महीना-भर बीत जाने के बाद क्षेत्रमोहन ने फिर से उस विषय पर बात चलाते हुए कहा—"तुम तो मेरे मन का भाव जानते ही हो, शैलेश, घर में एक प्राणी के रहे बिना जीना कठिन है। विशेष रूप से बुढ़ापे में···"

आज उमा भी उपस्थित थी। उसने कहा—"बुढ़ापा आने में अभी बहुत देरी है और उसके आने के बहुत ही पहले भाभीजी आकर हाजिर हो जाएंगी। क्रोध करके कोई कब तक मायके में रह सकता है?" इतना कह-कर वह एक बार अपने भैया के मुंह की ओर और एक बार शैलेश के मुख की ओर देखने लगी, किन्तु दोनों में से किसी ने जवाब नहीं दिया। शैलेश के मुंह पर तो विशेष रूप से जैसे बादल छा गए; किन्तु उमा उसी की ओर देख रही है, यह सोच कुछ देर बाद सिर हिलाकर उसने कहा—"नहीं, वह अब न आएंगी।"

उमा ने उसकी बात पर अविश्वास करते हुए बड़े जोर के साथ कहा—"नहीं आएंगी? जरूर आएंगी। हो सकता है, शायद इस महीने के अन्दर ही आ जाएं। क्यों भैया, आ सकती हैं न?"

उनका लौट आना कितना कठिन है, उसके भैया इसे जानते थे। जाने के पहले शैलेश के मुंह से निकली हर बात उषा के कलेजे में बिंध गई थी; वह किसी दिन उन सब बातों को भूल पाएगी, यह सोचना भी उनके लिए कठिन था। बहू के प्रति शैलेश के पिता ने असीम अन्याय किया था। फिर लोट आने पर विभा ने भी ईर्ष्यावश अनेक प्रकार से अन्याय किया है; और उसकी हद कर दी शैलेश ने उस दिन जाते समय। किन्तु हिन्दू स्त्री की शिक्षा और संस्कार और विशेषतः उषा के मधुर चरित्र के साथ उन्हें एकत्र करने पर पतिगृह छोड़कर इस प्रकार चले जाने का क्षेत्रमोहन किसी प्रकार अनुमोदन नहीं कर पाते थे। यह बात याद कर उनके मन को जब भी कष्ट होता, वह अपने-आपको यह कहकर सान्त्वना दे लेते थे कि उषा ने अपने प्रति किए अनादर और अवहेलना को तो सह लिया किन्तु जब पति ने उसके धर्माचरण पर चोट की तब वह सहन नहीं कर सकी।

जान पड़ता है, इसीलिए बहुत दिनों के बाद एक दिन जब पतिगृह से उसकी पुकार हुई तब जरा भी अभिमान उसने नहीं किया। चुपचाप, बिना कुछ विचार किए लौट आई। हिन्दू नारी के इस धर्माचरण नामक वस्तु के साथ संस्कारयुक्त और आलोकप्राप्त क्षेत्रमोहन का कुछ विशेष परिचय तो नहीं था, फिर भी अपने घर के साथ उसकी तुलना करके और एक प्राणी के विश्वास की दृढ़ता तथा अपने-आपको वंचित करने की शक्ति देखकर अपना समस्त समाज उन्हें क्षुद्र और तुच्छ लगता था। वह मन ही मन कहा करते थे कि सत्य का ऐसा तेज तो हमारे यहां की किसी स्त्री में नहीं है। उन्हें आशंका होती कि मानो वह सचमुच के धर्म-जैसी चीज हम लोगों के बीच से निर्वासित हो गई है। जो विश्वास अपने को पीड़ित करने में पीछे नहीं रहता; श्रद्धा की गम्भीरता जिसके दुःख और त्याग के बीच अपनी परख कर लेती है, वह विश्वास क्या विभा में है? उमा में है? और भी कितनों को वह जानते हैं किन्तु कहां है इसकी तुलना? इसीकी अनुभूति क्षेत्रमोहन के समस्त अनन्त को एक ओर संकोच तथा दूसरी ओर भक्ति से भर दिया करती थी। कारण, इन थोड़े दिनों में ही उषा अपने पति को कितना प्यार करने लगी थी, यह बात उनसे छिपी हुई न थी। और दूसरे ही क्षण जब याद आता कि सब कुछ बहा देकर इतना बड़ा काण्ड हो गया, सिर्फ एक मुसलमान खानसामा को लेकर—जिस आचार का वह पालन नहीं करती थी, घर में फिर उसीके प्रचलन ने उसे एक बार ही गृहत्यागिनी बना दिया। दूसरे लोग चाहे कुछ भी करें, किन्तु भाभी का स्मरण करके उनकी संकीर्ण तुच्छता के कारण क्षेत्रमोहन विस्मय और क्षोभ से अभिभूत हो उठते थे।

उमा सवाल करके उनके मुंह की ओर ताक रही थी। कुछ जवाब न पाने पर विस्मित होकर बोली—"क्यों भैया, बोलते क्यों नहीं?"

"क्या कहूं?"

उमा बोली—"खूब! मैंने कहा भाभी शायद इसी महीने लौट आएं। तुम्हें ऐसा लगता है न भैया?"

बहन के सवाल को टालकर क्षेत्रमोहन ने कहा—"यदि मान ही लिया जाए कि वह नहीं आएंगी—उनका बहुत-सा समय तो यहां न आकर

ही कट गया है और शेष है वह भी न आने पर भी कट ही जाएगा—किन्तु क्या इसलिए कोई और उपाय नहीं है? मैं तो यही बात कहता हूं।"

उमा ठीक-ठीक समझ नहीं पाई; वह निरुत्तर ताकती रह गई।

शैलेश ने उसके अचरज-भरे मुंह की ओर देखकर कहा—"उनका लौट आना मैं उचित नहीं समझता, उमा! वह मेरी विवाहिता पत्नी हैं, किन्तु मैं उन्हें सहधर्मिणी नहीं कह सकता।"

उषा के विरुद्ध इस अभद्र संकेत से क्षेत्रमोहन मन ही मन विरक्त हुए। बोले—"जब हम लोगों का कोई धर्म ही नहीं है तो फिर सहधर्मिणी क्या? इन सब बड़ी-बड़ी बातों की जरूरत नहीं है, भाई, मैं तो गृहस्थी चलाने के लिए एक व्यवस्था कर लेने का प्रस्ताव-भर करता हूं।"

शैलेश ने गहरे आश्चर्य के साथ कहा—"हम लोगों का धर्म नहीं है?"

क्षेत्रमोहन ने कहा—"किस जगह है, दिखाओ? काम-धाम करते हैं, खाते-पीते हैं, बस। हमारा काम सहधर्मिणी के बिना भी चल जाता है। उस जमाने के लोगों के लिए था—श्राद्ध-शान्ति, पूजा-पाठ, व्रतनियम—धर्म को लेकर ही वे मस्त रहते थे; उनके लिए थी सहधर्मिणी की आवश्यकता। हम लोगों के लिए इन बड़ी-बड़ी बातों की क्या जरूरत है?"

शैलेश ने मर्माहत होकर कहा—"सहधर्मिणी की जरूरत बस इसलिए है? श्राद्ध-शान्ति, पूजा पाठ—"

उसकी बात पूरी न हो पाई कि बीच में ही क्षेत्रमोहन बोल उठे—"इसीलिए भाई, इसीलिए। इसे छोड़ और कुछ भी नहीं है। तुम भी हिन्दू हो; मैं भी हिन्दू हूं—विदाउट अफेंस(तिरस्कार के भाव के बिना कहता हूं)—पूजा भी नहीं करते, मन्दिर भी नहीं जाते। कृष्ण-विष्णु को लेकर खींचातान करने का बुरा अभ्यास भी हम में नहीं है—स्त्रियां तो और भी 'हार्मलेस' (निरीह) हैं। हम सहज मनुष्य हैं, भले लोग हैं। क्या होगा भाई हमारे लिए इतने बड़े पांच-सात अक्षरों वाली 'सहधर्मिणी, को लेकर—एक छोटी-सी 'स्त्री' से हमारा काम अच्छी तरह चल जाता है। भाई, तुम कृपा करके जरा राजी-भर हो जाओ—भवानीपुर के लोग बहुत पीछे पड़े हैं—तुम्हारी बहन की भी बड़ी इच्छा है। हमारी बात मानो, शैलेश!"

शैलेश का मुंह काला पड़ गया। वह उठ खड़ा हुआ और बोला—

"तुम मेरी हंसी उड़ा रहे हो, क्षेत्र!"

यह हाल देखकर उमा घबरा उठी। क्षेत्रमोहन भी डरकर बोले—"नहीं भाई, शैलेश, नहीं। यदि हंसी उड़ाने की कोई बात की भी है तो तुम्हारी अपेक्षा अपनी हंसी ज्यादा उड़ाई है।"

शैलेश ने प्रतिवाद नहीं किया, केवल स्तब्ध होकर खड़ा रह गया।

15

बात को और ज्यादा न बढ़ाकर शैलेश के क्रोध एवं उत्तेजना को शान्त होने के लिए पांच-सात दिन का समय देकर फिर कभी लौटने पर भवानीपुर के बारे में बातचीत चलाएंगे, यह निश्चय करके क्षेत्रमोहन उमा को साथ ले, अपने घर चले गए। किन्तु एक सप्ताह बीतने के पहले ही छपरा कोर्ट का एक मुकदमा ले लेने के कारण उन्हें अचानक कलकत्ता छोड़कर बाहर जाना पड़ा। जाने से पहले कन्या-पक्ष तथा वर-पक्ष की ओर से विभा को आशा दे गए कि केस जैसा होपलेस—निराशापूर्ण—लगता था, वैसा नहीं है। बल्कि कहना चाहिए कि मछली चोर की ओर ही झुक रही है। कांटे में फंस जाए तो कोई आश्चर्य नहीं होगा।

बहुत दिनों के बाद पत्नी के साथ आज उसकी सद्‌भावपूर्ण बातचीत हुई। उमा के मुंह से विभा ने कुछ-कुछ बातें सुनी थीं, इसलिए उसने कहा—"मैं मन में सोचती थी कि तुम उषा भाभी के परमबन्धु हो; तुम फिर से विवाह के लिए यत्न कर सकते हो, कुछ महीने पहले यह बात मैं कतई विश्वास में नहीं ला सकती थी।"

क्षेत्रमोहन ने कहा—"कुछ मास पूर्व क्या मैं ही सोच सकता था? किन्तु अब तो केवल सोचता ही नहीं, उसे उचित भी समझता हूं। उषा भाभी का हितैषी मैं अब भी हूं, और सदा उनकी शुभकामना ही करूंगा; 'किन्तु जो होने वाला नहीं है, जिसके होने से कोई लाभ नहीं है, उसे लेकर

सिर फोड़कर मरने का ही क्या लाभ?"

विभा ने बड़े भारी बुद्धिमान-जैसी दबी हुई हंसी के द्वारा स्वामी (पति) को बेधकर कहा—"तुम तुरुष हो इसीलिए शायद भाभी को समझने में इतनी देर लगी, किन्तु मैंने तो बस देखते ही उन्हें पहचान लिया था। उन्हें लेकर हम चल ही नहीं सकते थे।"

क्षेत्रमोहन ने कहा—"सो तो आंखों से ही देख लिया, विभा! उन्हें हट ही जाना पड़ा और उनके बारे में हम लोगों के बीच समझने में जो अलगाव आ गया था, उसमें भी कोई सन्देह नहीं। बात कुछ दूसरी तरह से हुई होती तो क्या होता, इस समय इसपर बहस करना व्यर्थ है। तो भी तुम्हारी यह बात मैं मानता हूं कि मुझसे कुछ भूल हुई है।"

विभा बोली—"जाने दो, यह काफी है। जप-तप और हिन्दुत्व की प्रशंसा से तुम जिस तरह पागल हो उठे थे, उससे मैं तो डर गई थी। हम लोग भी मुसलमान-क्रिस्तान नहीं हैं। किन्तु अपने सिवा और सब छोटे हैं; किसी के हाथ का छुआ खाते ही जाति चली जाएगी, यह दर्प क्यों? केवल भट्टाचार्यों के रास्ते को छोड़ और सब मार्ग नरक में ले जाने वाले हैं, ऐसी धारणा उनके बाप के घर में चल सकती है, किन्तु यहां तो नहीं चल सकती, इसीलिए तो पति के आश्रय या घर में उनका स्थान नहीं बन पाया।"

बात सच भी नहीं है। झूठ भी नहीं है, इस तरह की सच-झूठ मिली बात सुनकर क्षेत्रमोहन चुपचाप पत्नी के मुंह की ओर देखते रह गए। कोई जवाब न दे सके।

इसी समय उमा ने कमरे में प्रवेश करके विस्मित हो पूछा—"क्या हुआ भैया?"

विभा अपनी बात का सूत्र पकड़कर कहती गई—"सिर्फ अपनी जाति बचाकर चले जाने से ही क्या भाभीजी सबसे बड़ी हो गईं? मान लो, तुम्हारा आरोप ही यदि सत्य है कि मेरे ही कारण भैया ने उनका अपमान किया है तो क्या वैसा ही अपमान उनके कारण तुमने मेरा नहीं किया? किन्तु क्या उसके कारण मैं तुम्हें छोड़ कर मायके चली जाती? क्या तुम यही कहते हो?"

क्षेत्रमोहन ने कहा—"नहीं, मैं यह नहीं कहता।"

विभा ने कहा—"यह मैं जानती हूं कि नहीं कह सकोगे।" फिर उमा को लक्ष्य कर बोली—"तुम्हारे भैया एक नई चीज को बाहर से ही देखकर मुग्ध हो गए थे। कट्टर हिन्दुत्व की शिक्षा हम लोगों ने नहीं पाई है किन्तु मां-बाप के पास से जो कुछ पाया है, वह उससे ज्यादा अच्छा है, ज्यादा सत्य है।" फिर जरा हंसकर कहा—"तुम्हारे भैया की बड़ी इच्छा थी कि भाभीजी के पास रहकर तुम बहुत-कुछ सीख पाओगी। बैठकर सुनने का तो अभी समय नहीं है बहन, किन्तु उनके पास से क्या-क्या सीखा और क्या-क्या बाकी रह गया, अपने भैया को सुना तो दो।" इतना कहकर मुंह दबाकर हंसती हुई बाहर चली गई।

क्षेत्रमोहन चुप हो बैठे रहे। छोटी बहन के सामने अपनी स्त्री का इस तरह कोंचना, उन्हें बहुत ज्यादा बींध गया किन्तु वह कुछ जवाब न दे सके। हिन्दुत्व की अनेक बातों में भ्रष्ट हैं किन्तु स्त्रियों की आचार-निष्ठा तथा पुरातन जमाने की जीवन-यात्रा की धारा कल्पना उन्हें बहुत आकर्षित करती है। इसीलिए आंखों के सामने अचानक उषा को पाकर मुग्ध हो गए थे; उसी उषा के आचरण से आज सबके आगे उनका सिर नीचा हो गया है। उस बहू को केन्द्र स्थान में रखकर उन्होंने एक दिन शिक्षा और संस्कार की बात अपने आत्मीयों के बीच स्त्रियों के सामने बड़े गर्व से बार-बार कही थी; अब उसी स्थान पर उन्हें गहरी चोट लगी है। पर अपने लिए उषा स्वयं ही उत्तरदायी है; उसका अन्याय और किसीको स्पर्श नहीं करता—कर ही नहीं सकता, यह बात भी वह जोर के साथ कहना चाहते थे, किन्तु उनका मुंह बन्द रह जाता था। इसीलिए स्त्री के चले जाने पर, उन्होंने उमा के सामने जवाबदेही के तौर पर, सन्दिग्ध स्वर में कहा—"कट्टरता हर चीज की बुरी है, यह मैं अस्वीकार नहीं करता उमा! हिन्दुत्व के इस दोष को मिटाना चाहिए किन्तु इस बात को न मानना तो अन्याय होगा कि हम लोग तो और भी गए-गुजरे हैं।"

भैया-भाभी के वाद-विवाद में उमा सदा ही मौन रहती थी। विभा की अनुपस्थिति में इस समय भी वह वैसी ही चुप बैठी रही।

उसी रात, छपरा जाने के पहले, क्षेत्रमोहन ने विभा को बुलाकर

कहा —"हमारे लौटने में शायद चार-पांच दिन की देर होगी, इस बीच यदि भवानीपुर वालों में किसी से भेंट हो जाए तो कह देना कि मैं शैलेश को राजी कर लूंगा।"

विभा ने पूछा—"भाभी तो आईं नहीं?"

क्षेत्रमोहन ने कहा—"नहीं। जितनी ही सोचता हूं, मन में आता है कि शैलेश की अपेक्षा उनका ही अपराध ज्यादा है। तुम ठीक ही कह रही थीं। जो शिक्षा मनुष्य को इतना ज्यादा संकीर्ण एवं स्वार्थी बना देती है, उस शिक्षा का मूल्य किसी जमाने में जो भी रहा हो, आज तो नहीं है। सच पूछो तो हमारे बीच अब उसे फिर से प्रचलित करने की आवश्यकता नहीं है। यही ठीक है। भाभीजी में आचार-विचार की विडम्बना-मात्र थी, तत्व कुछ नहीं था। यदि होता तो वह गृह के आश्रय का त्याग नहीं करतीं। अच्छा, चलता हूं।" इतना कहकर वह घर से बाहर हो गए और मोटर पर जा बैठे।

मुफस्सिल का मुकदमा निबटाकर कलकत्ता लौटने में उन्हें पांच दिन के बदले दसेक दिन की देर हो गई। घर में पैर रखते ही सबसे पहले भेंट हुई उमा से। उसीने यह खबर दी कि दो दिन पहले छः महीने की छुट्टी लेकर शैलेश बाबू फिर इलाहाबाद चले गए हैं और सोमेन को स्कूल से छुड़ाकर अपने साथ लेते गए हैं।

"इस तरह हचानक?"

उमा ने कहा—"क्या जानें! सोमेन को लेने आए थे। बोले—'शरीर ठीक नहीं है।' "

विभा के कमरे में प्रवेश करते ही उसे लक्ष्य कर क्षेत्रमोहन ने कहा—"शरीर ठीक न रहने की तो बात ही है, किन्तु उसे ठीक करने की व्यवस्था भी तो नहीं है।" कुछ और भी कहने जा रहे थे किन्तु उमा को खड़ी देखकर चुप हो गए।

16

और पांच जूनियर बैरिस्टरों के दिन जिस तरह कट रहे थे, क्षेत्र-मोहन के दिन भी उसी तरह कटने लगे। हाथ में पैसों की तंगी होने पर हिन्दूपन की तथा पुराने चाल-चलन की अत्यधिक प्रशंसा करते थे किन्तु रुपया हाथ में आते ही चुप हो जाते थे—जैसे चलता था, वैसे ही चलता रहता। शैलेश के वह वास्तविक शुभाकांक्षी थे। उसे पहचानते थे। उसके जैसे दुर्बल प्रकृति के आदमी से प्रायः सब तरह का काम कराया जा सकता है, यही सोचकर उन्होंने भवानीपुर को अब भी हाथ से जाने नहीं दिया है। उन लोगों को यही कहकर आशा-भरोसा दिलाते रहते थे कि पश्चिम से उसके घूमकर लौटने-भर की देर है। भाभीजी के प्रति अब भी वह प्रायः वैसा ही स्नेह रखते हैं; वैसी ही श्रद्धा भी अब तक उनके मन में है, किन्तु उनके लौटने की जरूरत नहीं मानते। जहां भी रहें, निरापद रहें, अच्छी रहें, उनके धर्म-जीवन की उत्तरोत्तर उन्नति हो, किन्तु शैलेश के घर में अब उनकी जरूरत नहीं है। अपनी एक भूल प्रायः उनको याद आती है कि उषा स्वामी को प्यार नहीं कर सकी; प्यार करना कभी संभव भी न था। बचपन से ही कठोर आचार-विचार के बीच रहने के कारण इस लोक की अपेक्षा परलोक ही उनके लिए ज्यादा अपना है। इसीलिए पति को छोड़कर जाना भी उनके लिए इतना सहज हो गया। उषा के अपने अन्दर जो पति था, उनके इस आचरण से वह जिस प्रकार भीत, उसी प्रकार व्यथित हो रहा था। उनके मन में आता कि सोमेन को जो वह इतनी जल्दी प्यार करने लगी थीं, वह भी उनकी कठोर कर्तव्य-भावना के कारण ही संभव हुआ था। सच्चा स्नेह नहीं था, इसीलिए जाने के दिन भी कहीं कोई ममता नहीं लगी।

दो महीने बाद, इलाहाबाद से यह खबर आई कि शैलेश ने सोमेन को इस कच्ची उमर में ही जनेऊ पहना दिया है और खुद भी एक वैष्णव भक्त से दीक्षा ग्रहण कर ली है। एक दिन भी पिता-पुत्र का गंगा-स्नान नहीं छुटता और जिस मुहल्ले में मांस-मछली आती है, उसके रास्ते शैलेश निकलता भी नहीं।

सुनकर उमा चुपके-चुपके हंसने लगी। विभा ने कहा—"यह मजाक किसने किया? योगेश बाबू ने?"

क्षेत्रमोहन ने कहा—"यह सच है कि खबर योगेश बाबू के पास से ही आई है किन्तु मजाक करने योग्य घनिष्ठता तो उसके साथ नहीं है।"

विभा ने कहा—"दादा (भैया) के मित्र ही तो हैं, इसमें दोष क्या है?" फिर कुछ रुककर बोली—"जानते हो क्यों? भाभी की सारी कहानी उन्होंने दादा के ही मुंह से सुनी है और इतने आदमियों के बीच तुम्हीं उनकी कट्टरता के भक्त हो गए थे, इसलिए यह मजाक भी तुम्हारे ही साथ किया है।" फिर हंसती हुई कहने लगी—"केस (मुकद्दमा) आरम्भ होने पर यदि बीच-बीच में तुम मुझसे बुद्धि लेते रहे तो शायद तुम्हें इतने मुकद्दमे न हारने पड़ें। उमा, आज जरा झटपट तैयार हो जाओ, सात बजे के भीतर वहां न पहुंचे तो लावण्य नाराज होगी। अपने दादा को जरा आड़ में ले जाकर कह दो कि अब अगर कोई मामला अटके और समझने-बूझने में परेशानी हो तो कंसल्ट कर लिया करें। इससे जो पैसा देते हैं, वे खुश होंगे।"

उमा मुंह दबाकर हंसती हुई चली गई। वह यह भी समझ गई कि योगेश बाबू के हठात् मजाक करने का कारण भाभीजी ने ठीक अनुमान किया है।

पांच-छः दिन बाद एक लम्बी-चौड़ी चिट्ठी क्षेत्रमोहन ने स्त्री के सामने फेंककर कहा—"यह योगेश बाबू के पिता की लिखी चिट्ठी है। उनकी उम्र है सत्तर-बहत्तर वर्ष; मैंने कभी उन्हें आंखों से देखा नहीं है, चिट्ठी-पत्री द्वारा ही परिचय है। कैसे आदमी हैं, इसे ठीक-ठीक तो नहीं जानता किन्तु इतना तो अच्छी तरह से जानता हूं कि मेरे साथ हंसी-मजाक का सम्बन्ध उनका नहीं है।"

लम्बी चिट्ठी है, बंगला में लिखी है। दो-दो बार शुरू से अन्त तक चुपचाप पढ़ने के बाद विभा ने मुंह उठाकर कहा—"मामला क्या है? तुमको एक बार जाना पड़ेगा।"

"किन्तु मुझे तो एक मिनट की भी फुर्सत नहीं है।"

विभा बोली—"ऐसा कहने से काम नहीं चलेगा। विपत्ति की इस घड़ी में हम न जाएंगे तो और कौन जाएगा? यदि इस चिट्ठी में लिखी आधी बातें भी सच्ची हैं, तो घोर विपदा की बात है इसमें रंचमात्र सन्देह नहीं।"

क्षेत्रमोहन ने सिर हिलाकर कहा—"नहीं; इस विषय में तो हम पूरी तरह एकमत हैं लेकिन सवाल यह है कि जाएं कैसे? जाने से भी यह मुसीबत दूर हो जाएगी, इसी का क्या ठिकाना है?"

दोनों बहुत देर तक चुपचाप बैठे रहे। अन्त में गहरी सांस लेकर क्षेत्रमोहन ने कहा—"शैलेश के द्वारा सब कुछ हो सकता है। जिस चीज को मनोबल कहते हैं, वह उसमें बिल्कुल नहीं है। जाए, मरे वह! दुःख बस इतना है कि अपने साथ-साथ वह बच्चे के जीवन को नष्ट किए डाल रहा है। चाहे जैसे हो, तुम्हें इसमें बाधा देनी चाहिए।"

विभा उदास, गंभीर मुंह के साथ सन्न हो बैठी रही। वह रो-धो सकती है, अभिमान-वभिमान सब कर सकती है किन्तु इसे वह मन जानती है कि रोकने की शक्ति उसमें नहीं है। बहुत देर तक स्थिर बैठे रहने के बाद क्षेत्रमोहन धीरे-धीरे बोले—"मुझे सन्देह तो सदा से ही था, किन्तु एक चीज मैंने निश्चित रूप से पकड़ ली है विभा, कि उषा को तुम्हारे भैया सचमुच प्यार करते थे। उतना प्यार उन्होंने सोमेन की मां को भी कभी नहीं किया। शायद यह सब उसीकी प्रतिक्रिया है।"

विभा नाराज हुई। बोली—"इसीलिए वह इस प्रकार उनका मन पाने की चेष्टा कर रहे हैं? देखो, हमारे भैया दुर्बल हो सकते हैं, किन्तु नीच नहीं हैं। किसीको आकर्षित करने के लिए इस तरह का स्वांग रचने की चाल उनके दिमाग में नहीं आ सकती।"

यह प्रतिक्रिया नाम की चीज कैसी अद्भुत होती है, विभा इसे क्या जाने? क्षेत्रमोहन ने भी केवल पुस्तकों में पढ़ा है; इसके विषय में वह भी कुछ विशेष नहीं जानते। इसीलिए पत्नी के क्रोध के प्रत्युत्तर में वह चुप रह गए। अंधेरे में तर्कयुद्ध चलाने का साहस उन्हें नहीं हुआ।

किन्तु प्रतिक्रिया कुछ भी हो, काम के वक्त विभा की ही विजय हुई। पति को दो दिन के अन्दर ही सब काम-काज छोड़कर इलाहाबाद को

रवाना हो जाना पड़ा। वहां से लौटकर उन्होंने शुरू से अन्त तक जो वर्णन किया, वह जितना हास्यास्पद था, उतना ही अप्रिय भी था—"योगेश बाबू के घर के पास ही डेरा है किन्तु शैलेश से भेंट नहीं हुई। वह गुरुभाईयों के साथ श्री गुरु के चरण-कमलों का दर्शन करने श्री वृन्दावन-धाम गया हुआ था। सोमेन से भेंट हुई। उसका शास्त्रानुमोदित ब्रह्मचारी का वेश था और शास्त्र-संगत ही आचार-विचार भी थे। वहीं के एक निष्ठावान ब्राह्मण सुबह-शाम उसे ब्रह्म-विद्या सिखाने आते हैं।" यह बताकर क्षेत्रमोहन ने कहा—"मुझे देखकर बेचारे की दोनों आंखें छलछला आई। उसका चेहरा देखने से ऐसा लगता था कि जैसे उसे खाने-पीने का ही कष्ट ज्यादा है।"

इस बच्चे के प्रति विभा के मन में एक तरह का स्नेह था, यद्यपि बहुत ज्यादा नहीं था। फिर भी वह विदेश में दुःख पा रहा है, यह सुनकर उससे सहा नहीं गया। उसकी अपनी आंखें भी अश्रुपूर्ण हो गईं। उसने कहा—"उसे जबर्दस्ती अपने साथ लेते क्यों नहीं आए?"

क्षेत्रमोहन बोले—"ऐसा नहीं है कि मेरी इच्छा न हुई हो, किन्तु विचार करके देखा कि इससे अन्त में कोई अच्छा परिणाम न होगा। धर्म की सनक से ही मुझे सबसे ज्यादा डर लगता है। इससे शैलेश हम पर बहुत ज्यादा बिगड़ जाता।"

विभा के आंखें पोंछकर कहा—"यदि मैं जानती कि बात यहां तक पहुंच गई है तो मैं स्वयं ही तुम्हारे साथ गई होती।"

17

चिट्ठी का लिखना-लिखाना एक प्रकार से बन्द ही हो गया था, किन्तु कलकत्ता के बन्धु-बान्धवों के बीच शैलेश की अद्भुत कीर्ति का प्रचार इससे रुक नहीं सका, बल्कि शायद विवरण को जगह-जगह और गहरा रंग देकर प्रचारित किया गया। भवानीपुर वालों से भी यह सब बात छिपी नहीं रही। विभा मारे शर्म के मुंह न दिखा पाती थी, सिर्फ पति के सामने दंभपूर्वक कहती थी—"दादा को पहले वापस तो आने दो, देखूंगी

कि मेरे सामने वह यह सब कैसे करते हैं।"

क्षेत्रमोहन चुप्पी साध लेते—विभा विशेष कुछ कर पाएगी, इसका विश्वास उन्हें नहीं था, किन्तु समाज के संयुक्त 'मारल प्रेशर' (नैतिक दबाव) के प्रति उनकी आस्था अवश्य थी। वह इस बात पर भरोसा किए हुए थे कि दुर्बलचित्त शैलेश शायद अधिक दिनों तक उसे रोक न सकेगा।

इधर शैलेश ने चार महीने की छुट्टी और बढ़वा ली थी; उसके समाप्त होने में भी अब दो ही महीने रह गए हैं। इतना निश्चित है कि वह नौकरी नहीं छोड़ सकेगा। वह प्रयाग में रहकर चाहे जितना गंगा-स्नान करे और चाहे जितना छापा-तिलक लगाए, श्री गुरु और गुरुभाइयों का दल उसे ऐसी बुरी सलाह प्राण जाने पर भी नहीं देगा। इसके बाद लौट आने पर एक बार लड़ाई करके देखना पड़ेगा।

उस दिन चाय पीते समय क्षेत्रमोहन ने कहा—"यदि इस बार उषा भाभी आ जाएं तो चटपट भाई को बुलाकर उन्हें मायके भागने का दंद-फंद न रचना पड़ेगा। जप-तप में दोनों की खूब बनेगी।"

विभा का मुंह कुम्हला गया। उसने पूछा—"उनके आने की बात तुमने सुनी है क्या?"

"नहीं।"

थोड़ी देर तक चुप रहने के बाद विभा ने धीरे-धीरे कहा—"सुनते हैं, गंवई-गांव में तरह-तरह के जादू-टोना चलते हैं। क्या तुम उनपर विश्वास करते हो?"

क्षेत्रमोहन ने हंसकर कहा—"नहीं। यदि चलते भी हों तो वह यह सब न करेंगी।"

"क्यों नहीं करेंगी।"

क्षेत्रमोहन बोले—"भाभीजी मैं खुश नहीं हूं; उनके प्रति अब वह श्रद्धा भी मेरे मन में नहीं रह गई है, किन्तु ये सब हीन काम वह कह ही नहीं सकतीं, इसे मैं कसम खाकर कह सकता हूं।"

विभा ने इसपर विश्वास नहीं किया। सिर्फ धीरे-धीरे कहा—"जैसा

चाहें करें किन्तु मैं भी तुम्हारे सामने प्रतिज्ञा करती हूं कि मैं बच्चे को तो छुड़ा ही लाऊंगी।"

बेयरे ने आकर खबर दी कि बन्धु दो बड़े कार्पेट मांगने आया है। बन्धु शैलेश का बहुत पुराना नौकर है। विभा ने विस्मयपूर्वक पूछा—"वह कार्पेट लेकर क्या करेगा?" कहते-कहते दोनों बाहर चले आए। बन्धु ने सलाम करने के बाद अपनी प्रार्थना बताई।

"कार्पेट का क्या करेगा, बन्धु?"

"क्या पता मेमसाहब, शायद गाना-बजाना होगा।"

"करेगा कौन?"

"साहब के साथ तीन-चार आदमी आए हैं; शायद वे ही लोग करेंगे।"

"भैया आ गए?"

क्षेत्रमोहन ने भी कहा—"शैलेश आ गया?"

बन्धु ने सिर हिलाकर बताया कि कल रात सब लोग लौट आए हैं। उसके कार्पेट लेकर चले जाने के बाद दोनों जने सिर नीचा किए चुप-चाप खड़े रहे। उस दिन तो क्षेत्रमोहन ने किसी तरह धीरज रखा किन्तु दूसरे दिन को विभा तथा उमा को साथ ले वह उस घर में आकर उपस्थित हो गए। पहले के अभ्यास के अनुसार जब वे नीचे के पुस्तकालय में गए तो अन्दर जाने में बाधा पड़ी। दरवाजे पर अब वह भारी पर्दा नहीं है। अन्दर का सब कुछ नजर में पड़ गया। एक ही दिन में घर का चेहरा बदल गया है। किताबों की अलमारियां जरूर हैं, किन्तु वहां और कुछ सामान नहीं है। फर्श के ऊपर कम्बल और उसके ऊपर सफेद जाजम बिछी है। जाजम पर दो हट्टे-कट्टे आदमी बैठे हुए हैं। उनकी परिपुष्ट देह में सर्वत्र हरिनाम की छाप है; गले में मोटी-मोटी तुलसी माला है। वे अचानक साहब-मेम को देख घबरा गए। उनकी शान्ति में बाधा न देकर तीनों आदमी ऊपर जा रहे थे कि उड़िया रसोइया-ब्राह्मण ने मना करते हुए कहा—"ऊपर के कमरे में गोसाईंजी विराजमान हैं।"

"गोसाईं कौन?"

रसोइया महाराज चुप रह गया।

"साहब कहां हैं?"

उत्तर में उसने ऊपर की ओर उंगली उठाकर दिखाई। क्षेत्रमोहन उस जगह खड़े होकर 'शैलेश, शैलेश' चिल्लाने लगे। दौड़कर आया सोमेन। अचानक उसकी वेशभूषा और चेहरा देखकर विभा रो पड़ी। धोती सफेद, माथे पर बड़ा-सा टीका, गले में तुलसी की माला। उसने दूर से ही प्रणाम किया, पास नहीं आया। उमा उसे पकड़ने जा रही थी कि क्षेत्रमोहन ने इशारे से मना करके कहा—"इस कुवेला में छूटने की जरूरत नहीं। नहीं तो, शायद उस बेचारे को नहाना पड़ेगा। पिताजी कहां हैं, सोमेन?"

सोमेन ने कहा—"प्रभु चरणों में बैठे श्री भागवत पढ़ रहे हैं।"

क्षेत्रमोहन ने कहा—"हम लोग खड़े हैं। एक बार श्री पिताजी को खबर कर दो।"

"उनको खबर कर दी गई है। आ रहे हैं।"

कुछ देर के बाद पांव में खड़ाऊं पहने हुए शैलेश नीचे आया। कमर में धोती, बदन पर कुर्ता और माथे पर एक टीका छोड़ बाहर से चेहरे-मोहरे में कोई विशेष परिवर्तन नहीं हुआ है किन्तु अन्दर से बहुत-कुछ बदल गया है, यह पलक मारते ही दिखाई पड़ गया। अत्यन्त विनीत भाव है; मीठी बोली है—उमा और विभा के प्रणाम करने पर उसने दूर से ही खड़े होकर आशीर्वाद दिया, स्पर्श करने के लिए पास नहीं आया।

क्षेत्रमोहन ने कहा—"घर में जरा भी बैठने की जगह नहीं रखी क्या?"

शैलेश ने लज्जित भाव से कहा—"बाहर का कमरा गन्दा पड़ा है—उसकी सफाई करानी होगी।"

क्षेत्रमोहन बोले—"ऐसी बात है तो इस समय हम विदा लेते हैं।" फिर सोमेन को लक्ष्य करके कहा—"इस समय चल रहा हूं। मैं समझता हूं, यहां हम लोगों की कोई विशेष जरूरत न होगी। फिर भी इतना तुमसे कहे जा रहा हूं कि यदि कभी बैठने की जगह हो जाए तो मुझे खबर कर देना, बेटा! चलो।"

शैलेश चुप लगाए खड़ा रहा।

गाड़ी में विभा ने किसी के साथ जरा भी बात नहीं की। उसके दोनों नयनों से झर-झर आंसू गिरने लगे। ये लोग एक बात तो आज निःसंशय समझ आए कि इस घर में अब जगह नहीं रही। विभा ने स्वामी के सामने प्रतिज्ञा की थी कि भैया चाहे जो करें किन्तु वह सोमेन को जबर्दस्ती वहां से निकाल लाएगी। स्नेह की वह दंभपूर्ण उक्ति पति-पत्नी दोनों को बार-बार याद आई, किन्तु दारुण लज्जा-वश इसका आभास तक कोई दे नहीं पाया।

एक महीने से अधिक समय बीत गया। इतने समय के बीच कहानी ने आत्मीय एवं परिचित लोगों के बीच ऐसे भांवरों—आवर्त्तों—की सृष्टि हैं। मुंह-मुंह में अतिरंजित और पल्लवित होकर घटना ने ऐसा कुत्सित रूप धारण कर लिया कि कहीं भी आना जाना विभा के लिए असंभव हो उठा और अब किसी ओर कोई रास्ता भी किसी को दिखाई नहीं पड़ता। क्षेत्रमोहन जानते थे कि संसार में अनेक उत्तेजनाएं समय बीतने पर धीमी पड़ जाती हैं। धैर्य धारण करके स्थिर होकर बैठे रहना ही इसका उपाय है। परलोक के लोभ का यह व्यवसाय एक बार शुरू हो जाने पर सहज ही रुकने वाला नहीं है। यह सुनिश्चित आशा ही अनिश्चित के पथ पर मनुष्य को पागल करके निरन्तर ठेल-ठेलकर चलाती रहती है। इसके ऊपर भी एक प्रचण्ड विभीषिका है—उषा! मित्र और शत्रु दोनों रूपों में वही सर्वनाश की बुनियाद डाल गई है। किसी तरह खबर पाकर यदि वह आ पहुंचे तो फिर कुछ भी बाकी न रहेगा। उसके उल्लेख से केवल विभा ही नहीं, उमा, यहां तक कि क्षेत्रमोहन तक की देह में आग-सी लग जाती है। सचमुच, यदि उषा को न बुलाया गया होता तो यह विपत्ति आने की कोई संभावना न होती।

रविवार को सुबह ही पति-पत्नी दोनों बैठे इसी तरह की बात-चीत कर रहे थे। अपमानित होकर लौट आने के दिन से इन लोगों ने कभी उधर मुंह नहीं किया, किन्तु उस घर की खबर मिलने में कोई कठिनाई न थी। गुरुभाइयों का दल अभी तक वहां से हटने का नाम नहीं लेता और श्री गुरु

तथा गोसाईंजी ऊपर के कमरे में उसी प्रकार विराजमान हैं। सुबह-शाम राम-कीर्तन अबाध गति से चलता है; भोगादि की व्यवस्था भी दिन-दिन बढ़ती जा रही है—ये समाचार बन्धु के द्वारा नियमित रूप से विभा के पास पहुंचते रहते हैं। सिर्फ एक ही अतिरिक्त बात फिलहाल सुनने में आई है कि शैलेश ने श्रीधाम नवद्वीप में जगह लेकर गुरुदेव का आश्रम बनाने का संकल्प लिया है और इसीलिए बहुत-सा धन चन्दे में जमा करने के लिए घूम रहा है।

विभा ने मलिन मुख से कहा—"यदि यह सत्य भी है तो क्या एक बार भैया को बचाने की चेष्टा भी आप न करेंगे? क्या बच्चा आँखों के के सामने ही बह जाएगा?"

क्षेत्रमोहन ने लम्बी सांस लेकर कहा—"क्या कर सकते हैं, बोलो?"

विभा चुप बैठी रही। कैसे क्या हो सकता है, वह इसे क्या जाने।

क्षेत्रमोहन अचानक बोल उठे—"उस दिन के बाद तो हम लोग कभी गए नहीं, आज चलो न एक बार हो आएं।"

विभा के कलेजे में आज सचमुच रोना उठ रहा था, इसीलिए शायद उसमें मान-अभिमान को कोई जगह नहीं मिली; वह सहज ही तैयार होकर बोली—"चलो।"

उन लोगों ने आज उमा को अपने साथ नहीं लिया। उस लड़की के सामने अपनी लज्जा की मात्रा बढ़ाने की इच्छा उन्हें नहीं हुई। जब उनकी मोटर शैलेश के घर के सामने जाकर रुकी, तब दस बजे चुके थे। आज बाहर का कमरा खुला हुआ था; दोनों गुरुभाई फर्श पर बैठे एक बड़ी पोटली खूब कसकर बांध रहे थे। क्षेत्रमोहन ने पूछा—"शैलेश बाबू घर में हैं?"

उन लोगों ने मुंह उठाकर देखा। कुछ देर तक चुप रहकर न जाने क्या सोचते रहे। फिर बोले—"नहीं, वह परसों नवद्वीप धाम चले गए हैं।"

"कब लौटेंगे?"

"कल या परसों सुबह।"

"उन का लड़का घर में है?"

उन दोनों ने ही सिर हिलाकर बताया कि है और तुरन्त अपने काम में

लग गए।

इसके बाद घर के भीतर प्रवेश करने पर दोनों ने एक साथ देखा कि पुस्तकालय के दरवाजे पर वही पुराना भारी पर्दा फिर से लटक रहा है। जरा झांककर देखते ही नजर पड़ा कि सब असबाब फिर अपनी-अपनी जगह पर लौट आया है। विभा ने कहा—"इन दोनों आदमियों को हटाकर भैया ने फिर कमरे की श्री लौटा ली है। कभी उन्हें इतनी भी सुबुद्धि आएगी, इसकी मुझे तो कोई आशा न थी।" किन्तु उसकी बात समाप्त नहीं हो पाई थी कि पीछे से सहसा कोई शब्द सुनकर जो घूमकर देखा तो दोनों विस्मय से वाक्शून्य हो गए। सोमेन कहीं बाहर गया हुआ और रबड़ की गेंद उछालता आ रहा था। कहां गई वह कण्ठी की माला, कहां गई वह चोटी, और कहां गया उसका वह ब्रह्मचारी का वेश? नंगा बदन, लाल किनारे की जरीदार धोती, सिर के बाल बंगाली लड़कों के ढंग पर अच्छी तरह कटे हुए, पांव में वार्निश किया हुआ पम्प-शू। वह दौड़ा-दौड़ा आकर विभा से लिपट गया और बोला—"बुआ, मां आ गई हैं। रसोईघर में खाना बना रही हैं। चलो।" इतना कहकर वह उन्हें खींचने लगा।

विभा स्तब्ध रह गई। क्षेत्रमोहन बोले —"मां आई हैं न, सोमेन? तभी तो कहता हुं—"

"कल दोपहर के समय आई हैं। चलिए फूफाजी, रसोईघर में।"

"चलो।"

तीनों ज्योंही रसोईघर के सामने पहुंचे कि उषा आहट मिलते ही हाथ धोकर बाहर आ खड़ी हुई। विभा ने पांव के जूते निकालकर प्रणाम किया। बोली—"देखा भाभी, क्या काण्ड हो गया?"

उषा ने हाथ से उसका चिबुक छूकर चूम लिया। फिर हंसकर कहा—"देख तो लिया ही सब, बहन। बच्चे की शक्ल देखकर रोना आ गया। मैंने चट-पट माला-वाला तोड़कर फिंकवाई और नाई को बुलवाकर इसके बाल कटवा दिए। नया कपड़ा, नया कुर्ता, जूता आदि खरीदककर पहनाया, तब कहीं उसकी ओर देखा गया मुझसे। अच्छा, आप लोगों ने ही क्या किया, जरा बताइए तो?" इतना कह उसने तिरछी नजरों से क्षेत्र मोहन की ओर देखा।

क्षेत्रमोहन ने कहा—"भाभीजी, यह सब बतलाने का समय नहीं है। धीरे-धीरे सब कुछ बता सकूंगा। इस समय तो ऊपर चलिए, और पहले कुछ खाने-पीने को देखिए। अच्छी बात हुई; गुरुभाइयों को देखा, बाहर पोटली को कसकर बांध रहे हैं किन्तु प्रभुपाद युगल मूर्ति का क्या किया? वे ऊपर तो नहीं हैं।"

उषा ने हंसी बिखेरते हुए कहा—"नहीं, अब कोई डर नहीं है। वे नवद्वीप धाम को गए हुए हैं।"

"बोलो, अब फिर लौटकर तो नहीं आएंगे?"

उषा ने उसी तरह मीठी हंसी हंसकर इतना ही कहा—"नहीं।"

क्षेत्रमोहन ने कहा—"भाभीजी, हमें तो यह स्वप्न में भी दिखाई नहीं दे सकता था कि आपको इस तरह की सुबुद्धि आएगी। ब्रह्मचारी ब्राह्मण-पुत्र की तुलसीमाला अपने हाथों से तोड़ दी, चोटी खुद काट दी—कहिए, यह सब क्या है?"

उषा ने मुस्कान के साथ क्षेत्रमोहन की बात को ही लौटाकर कहा—"ठीक तो है। कहने की ऐसी हड़बड़ी क्या है, जमाई बाबू? धीरे-धीरे, सुस्थ होने पर सब बता दूंगी—अभी तो ऊपर चलिए, पहले आपको कुछ खाने को तो दे दूं।"

जागरण

बैरिस्टर मिस्टर आर॰ एम॰ रे ब्राह्म नहीं थे और वस्तुतः हिन्दू भी नहीं थे। यह सम्भव है कि 'विलायत से लौटनेवालों की बिरादरी' में भी उनकी गिनती न हो। किन्तु इतना अवश्य सत्य है कि माता-पिता ने अपने इस एकमात्र पुत्र का नाम जब राधामाधव राय रखा था तो उस समय स्वप्न में भी इन मिस्टर आर॰ एम॰ रे की कल्पना उन बेचारों को न हुई होगी। खान-पान, रहन-सहन और वेशभूषा के सम्बन्ध में भी उनके माता-पिता इस समय की कल्पना न कर सके होंगे। आज वे जीवित नहीं हैं। कुछ पता नहीं कि वे स्वर्ग में अपने पुत्र के इस रहन-सहन पर सिर पीट रहे होंगे या आंसू बहा रहे होंगे।

छुटपन में ही राधामाधव के माता-पिता का देहान्त हो गया था। हैजे की बीमारी में सात दिन के भीतर ही दोनों चले गए। लड़के को इण्ट्रेंस भी न करा पाए। हां, राधामाधव के लिए जमींदारी और प्रजा का खून चूसकर एकत्र की हुई भारी रकम तथा विश्वासपात्र एवं चतुर कर्मचारी जरूर छोड़ गए। किन्तु यह सब बातें तो अब पुरानी पड़ गईं। इस समय तो वह पूरे 'साहब' हैं; उम्र भी पचास को लांघ गई है। पहले के विश्वास-पात्र दीवान राजशेखर का आज कहीं पता भी नहीं है। अतिथि-अभ्यागतों का आदर-सत्कार और देवी-देवताओं की सेवा-पूजा सब कभी की बन्द हो चुकी है। इस समय तो अंग्रेजी दां मैनेजर हैं। पुरानी वंशगत कोठी की जगह नई फैशनेबल बिल्डिंग खड़ी है। जातीयता की छाप न स्वामी पर है,

न स्वामी की इन चीजों पर। ऐसी बात नहीं कि साहब नई रीति-नीति में ही पूरे डूब गए हों। अलग निचोड़कर जितना रस मिल जाता है, राधा-माधव अभी तक उतने से ही अपने को और अपनी साहबियत को संभालते आए हैं।

बैरिस्टर होकर देश लौटने पर राधामाधव ने अपने ही जैसे एक साहब की विदुषी कन्या से विवाह कर लिया। अयोध्या, प्रयाग, बम्बई और पंजाब में वकालत करते रहे। बीच-बीच में पत्नी और बच्चों-सहित तीन बार विलायत की सैर भी कर आए। बच्चों में थे एक लड़का और एक लड़की। लड़का डिफ्थेरिया से आक्रान्त होकर चल बसा। तीन साल पहले पत्नी भी भयंकर और असाध्य बीमारी की शिकार हुईं और उन्हें छोड़ गईं। तब रे साहब ने वकालत छोड़ दी। अब यथेच्छ आमदनी न रहने से हो या पत्नी-बिछोह के कारण उत्पन्न वैराग्य से हो, मतलब चाहे जिस भी कारण हो, सब-कुछ छोड़-छाड़कर पश्चिम भारत के एक बड़े नगर में जाकर बस गए। उनके साथ आई केवल उनकी साहबियत और एकमात्र पुत्री।

रे साहब वहां अपना जीवन शान्तिपूर्वक बिता रहे थे कि अचानक महात्मा गांधी के असहयोग आन्दोलन की तरंगें दुर्निवार हो आकाश छूने लगीं। साहब बहादुर की शान्ति और वैराग्य सब स्वप्नत् हो गए; विप्लवी वातावरण उनके हृदय को मथने लगा। ऐसा लगता था मानो निर्भय, आतंकहीन शुद्ध-शान्त तपस्वी की लम्बी तपस्या से जो द्रोहहीन असहयोग आन्दोलन पैदा हुआ है, उसकी उद्दाम गति को रोकने की सामर्थ्य किसी में भी नहीं है। जहां कहीं जो कुछ भी दुःख-दैन्य, अन्याय-अत्याचार, लोभ-मोह का कूड़ा-कचरा युग-युग से एकत्र हो रहा है, आन्दोलन की प्रबल धारा सबको बहा ले जाएगी; कुछ भी अभद्र और अकल्याणकर बच नहीं रहेगा।

रे साहब अपने मकान के बाहरी बरामदे में आरामकुर्सी पर अधलेटे ध्यान से आन्दोलन की खबरें पढ़ रहे थे। नीचे पोर्टिको से मोटर का हार्न सुनाई पड़ा और दो मिनट बाद बाहर जाने की वेशभूषा में सज्जित एक

युवती कन्या सामने से निकली। यह थी साहब की लड़की—कुमारी आलेखा राय। सूरत-शक्ल से गोरी नहीं थी। बंगाली साहबों की लड़कियां नहीं होती। पर साबुन और पाउडर के अधिकाधिक उपयोग से चाहे और कुछ लाभ नहीं हुआ हो, वह धूसर जरूर हो गई थी। देखने में लड़की खूबसूरत लगती थी। मुंह पर और आंखों में प्रज्ञा की आभा थी। स्वस्थ एवं युवती होने के कारण उसकी पूरी देह बड़ी सलोनी लग रही थी। आयु 22-23 से ज्यादा न होगी।

आलेखा ने कहा—"इन्दु के बंगले में आज हमारा टेनिस टूर्नामेंट है। वहीं जा रही हूं। लौटने में देर भी हो सकती है।"

साहब ने अखबार पर से दृष्टि उठाकर लडकी की ओर देखा। उनकी दृष्टि उत्तेजना से चमत्कृत थी। मुंह पर आवेग एवं आशंका की छाया स्पष्ट दिखाई पड़ रही थी। देखने से ऐसा नहीं लगता कि लड़की की बात उनके कानों के अन्दर गई हो। दीप्त मुद्रा में उन्होंने कहा—"देखती है बिटिया, यह सब क्या हो रहा है? यह होकर रहेगा— मैं तो न जाने कब से यह कहता आ रहा हूं।"

लड़की बॉश को अच्छी तरह पहचानती थी। संसार में जहां भी जो कुछ होता है उसकी नियति भी निश्चित रहती है और रे साहब को पहले से ही उसका आभास हो जाता है। आलेखा की समझ में नहीं आया कि पिता किस घटना की ओर इशारा कर रहे हैं। उसने पूछ—"क्या हुआ है, बाबूजी?"

पहले की-सी उत्तेजित मुद्रा में ही रे साहब ने कहा—"क्या हुआ है? अब और क्या होगा? वे दो असहयोगी छात्रों को गिरफ्तार कर ले गए; हाड़तोड़ मशक्कत का दण्ड देकर मजिस्ट्रेट ने उन्हें जेल भेज दिया है। उसने और भी पांच-सात लड़कों की गिरफ्तारी का हुक्म दिया है। देखें, उन्हें क्या दण्ड मिलता है!"

कुछ देर चुप रहकर वह फिर कहने लगे—"जो कुछ होगा, मैं जानता हूं—सपरिश्रम कारावास और वह भी साल-साल-भर से कम के लिए नहीं।"

इतना कहते हुए साहब ने लम्बी सांस ली। आलेखा अपने पिता की

बातों पर ध्यान नहीं देती है; फिर इस वक्त तो उसे फुर्सत भी नहीं थी। बेचारी का ध्यान टूर्नामेंट में ही लगा हुआ था। फिर भी जो पिता शोक से जर्जर हैं, असमय ही बूढ़े हो गए हैं और जिनका आज कोई संगी-साथी नहीं रह गया है, उनके आग्रह और आशंका की उपेक्षा करके आलेखा कैसे बाहर निकल जाएगी। वह पास ही पड़ी कुर्सी के हत्थे पर झुककर खड़ी हो गई और पिता से पूछा—'उन दोनों लड़कों ने आखिर किया क्या था, बाबूजी?"

पिता बोले—"उन्होंने भी कुछ कम नहीं, बहुत किया। चारों ओर गांधीजी के असहयोग सम्बन्धी विचारों का प्रचार करते हुए घूमते फिरते थे। उन्होंने देशबन्धुओं का बार-बार आह्वान करके कहा—"तुम मार-काट से दूर रहो; किसी व्यक्ति विशेष या अंग्रेज के प्रति अपने मन में विद्वेष का भाव न आने दो। परन्तु अन्यायी, अधर्मी और असत्य-प्रिय जो यह वर्तमान सरकार है, इससे किसी तरह का सम्बन्ध न रखो। नौकरी के लोभ में इसके आगे नाक न रगड़ो। इनके स्कूल-कालेजों में पढ़ने मत जाओ। न्याय पाने की आशा लेकर अदालतों में मत जाओ। उनकी छाया से भी बचो।"

आलेखा बोली—"मतलब यह है कि वे सारे देश में अराजकता फैलाना चाहते हैं।"

रे साहब ने कहा—"और क्या? मेरी समझ में तो कुछ आ नहीं रहा है।

लड़की ने कहा—"तब तो उनका दण्ड पाकर जेल जाना उचित ही है। सच्ची बात कहें तो यह है कि व्यर्थ ही उन्होंने सारे देश में उथल-पुथल मचा रखी है।"

परन्तु पिता पुत्री की बातों से पूर्णतः सहमत न हो सके। जरा ठिठक-कर बोले—"यह उथल-पुथल व्यर्थ तो नहीं कही जा सकती। सरकार भी कसूरवार है।"

आलेखा सरकार के पक्ष या विपक्ष में कुछ नहीं जानती। अखबारों में उसे कोई दिलचस्पी नहीं। देश या परदेस में कहां क्या हो रहा है, इसे लेकर अपने दिमाग को परेशान करना उसे निरर्थक लगता था।

सामने लगी घड़ी की ओर देखकर वह संभल गई। टूर्नामेण्ट के लिए अभी दस मिनट शेष थे। अकेले छोड़कर जाने के पहले पिता को चैतन्य एवं संजीवित करने में इन थोड़े क्षणों का उपयोग कर लेने के लोभ से वह बोली—"मुंह से चाहे जो कहो परन्तु हृदय से तो आप इन्हीं लोगों को प्यार करते हो, बाबूजी! अभी जब उस दिन हड़ताल में आन्दोलनकारियों ने पथराव करके इन्दु की गाड़ी का बगलवाला शीशा चूर-चूर कर दिया था, तब समाचार सुनकर आपने कहा था—'जब इतनी बड़ी उथल-पुथल हो रही हो तब ऐसी छोटी-मोटी दुर्घटनाएं हो ही जाती हैं।' परन्तु उस समय गाड़ी में इन्दु के पिता बैठे थे, उन्हें चोट लग जाती तो?"

पिता ने कुछ अप्रतिभ होकर कहा—"नहीं, नहीं, तुमने मुझे गलत समझा है! इस प्रकार की उद्दण्डता मुझे बिल्कुल पसन्द नहीं और वैसा करनेवालों को दण्ड मिलना ही चाहिए। भिर भी मैं यही कहूंगा कि उस दिन मि० घोष को मोटर में बाहर नहीं निकलना चाहिए था। देश की बहुसंख्यक जनता के अनुरोध का तिरस्कर क्या उचित है?"

आलेखा के स्वर में भी उत्ताप आ गया। वह बोली—"रहने दो इस अनुरोध को। अनुरोध होने से ही अनुरोध हो जाएगा? मैं तो कहती हूं कि अनुचित अनुरोध चाहे किसी भी पक्ष से क्यों न किया जाए, उसकी उपेक्षा करना ही पौरुष है। ऐसा साहस दिखाने के कारण इन्दु के पिता बधाई के पात्र हैं।"

रे साहब भी उत्तेजनापूर्ण स्वर में बोले—"तुम्हें कैसे मालूम हुआ कि यह अनुरोध अन्यायपूर्ण था?"

आलेखा ने कहा—"अपनी गाड़ी में बैठकर बाहर निकलने का उन्हें पूरा अधिकार था। उस अधिकार में किसी प्रकार की बाधा उपस्थित करना ही अन्याय है।"

पिता बोले—"बेटी, तुम्हारी बात बहुत साधारण है।"

आलेखा ने कहा—"हां बाबूजी, मैं साधारण बात कह रही हूं। दुनिया में ऐसे ही आदमियों की तादाद अधिक है जो साहसपूर्वक इस प्रकार सोचते और करते हैं।"

उस दिन जब मोटर का शीशा टूट गया था तो इन्दु के घर पर उस

दुर्घटना को लेकर जो कटु-तीक्ष्ण बातें हुई थीं, वे सब आलेखा को याद थीं। स्मृति का वही सूत्र पकड़े रहने के कारण उसका स्वर उत्ताप्त हो उठा था। इसलिए वह फिर बोल उठी—"उन्होंने कोई अन्याय नहीं किया, बाबूजी। अन्याय किया उन डरपोक लोगों ने जिनकी आड़ में स्वदेशी गुण्डे अछूते बच गए। मुझे तो इसमें तनिक भी सन्देह नहीं है।"

साहब का मुंह विवर्ण हो गया। आलेखा को भी क्षण-भर में ही यह ख्याल आ गया कि स्वयं अस्वस्थ होते हुए भी बाबूजी उस दिन सवेरे पैदल ही डाक्टर के यहां गए थे और पैदल ही घर लौटे थे। वह इस आशंका और संकोच से सुन्न-सी हो उठी कि कहीं मेरी बातों को बाबूजी अपने कार्य-कलाप की तीव्र आलोचना न समझ बैठें। वह अपने अस्वस्थ एवं दुर्बल चित्त पिता को भली भांति जानती थी। उनका शरीर कभी बलवान नहीं रहा; चित्त कभी दृढ़ नहीं रहा। इसी कारण, सांसारिक सुविधाओं के होते हुए भी, वह अपने जीवन में कोई बड़ा काम नहीं कर पाए। मित्र-शत्रुओं से तरह-तरह की बातें बेचारे को सुननी पड़ी हैं। औरों की बात जाने दीजिए, स्त्री तक उनकी कड़ी आलोचना करती रही। किन्तु इन आलोचनाओं का क्या कभी कुछ परिणाम निकला है? नहीं, कभी नहीं निकला। सारी जिन्दगी इसी तरह कटी है, किन्तु आज जब वह जीवन के अन्तिम छोर पर पहुच चुके हैं, तब लड़की के मुंह से भी वही भर्त्सनाभरी वाणी सुनकर क्या उनका परिताप अपनी अंतिम सीमा पर न पहुंच जाएगा?

आलेखा घबराकर जल्दी से पिता के पास आ गई और उनके कंधे पर अपना हाथ रखकर स्नेह-भरे स्वर में बोली—"बाबूजी, आप यह न सोचिएगा कि मैं आपके किसी काम को अनुचित या अन्यायपूर्ण समझ रही हूं।"

बेटी की इस बात पर पिता को किंचित् आश्चर्य हुआ। उन्होंने पूछा —"कौन-सा काम, बोलो?"

पुरानी बात साहब के ध्यान से ही उतर गई थी। आलेखा ने पिता के मुंह की ओर झुककर कहा—"कोई काम नहीं बाबूजी, कोई काम नहीं। कोई बुरा काम तो आपसे हो ही नहीं सकता। फिर भी उस दिन आप

अपनी गिरी तन्दुरुस्ती में पांव-पैदल डाक्टर के यहां जाने-आने को विवश किए गए, और यह सब जिनके कारण हुआ, क्या वे लोग साधारण अन्यायीं थे, बाबूजी? उनका यह कितना बड़ा अत्याचार था?"

अब साहब को उस दिन की बात याद आ गई। वह स्नेहार्ट होकर लड़की केमा थे पर हाथ फेरने लगे। हाथ फेरते-फेरते पूछा—"तो तुम इसी-लिए आन्दोलनकारियों पर इतनी नाराज हो?"

पिता को कोई बात भुलाने के लिए आलेखा को कोई विशेष प्रयत्न नहीं करना पड़ा। वह नकली क्रोध के स्वर में बोली—"न होऊं नाराज?"

रे साहब ने मुस्कराते हुए कहा—"नहीं बेटा, नाराज होना ठीक नहीं। मुझे तो उनका यह आचरण उलटे अच्छा लगा था। वहां छोटा-बड़ा नहीं, ऊंच-नीच नहीं, सब बराबर। सभीको उस दिन पैदल चलना पड़ा। जब भगवान ने पांव दिए है तब उनका प्रयोग करने में शर्म की क्या बात है? कोई शर्म नहीं! इसका अनुभव मुझे जैसा उस दिन हुआ, वैसा पहले कभी न हुआ था। यह घटना मुझे बहुत दिनों तक याद रहेगी, बेटी!"

यह भी कोई तर्क है! आलेखा मन ही मन हंसी किन्तु कुछ बोली नहीं। उसने बात को और आगे बढ़ाना ठीक नहीं समझा। घड़ी की सुई पांच पर पहुंचते ही उसने कहा—"चलो न आप भी बाबूजी, हमारा टूर्नामेण्ट देखने। इन्दु की मां तो आपको देखकर बहुत ही खुश होंगी।"

जब से पत्नी का देहान्त हुआ है तब से तो विशेष रूप से रे साहब का घर से बाहर जाना असंभव सा हो गया है। मकान और उसका घिरा बरा-मदा, बस यही उनके लिए समची दुनिया है। निष्क्रियता एवं जडता के कारण शरीर का बुरा हाल है; बाहर चलने की बात छिड़ने-मात्र से उन्हें जूड़ी चढ़ जाती है। इसलिए इस समय लड़की के मुंह से बाहर चलने का प्रस्ताव सुनकर साहब हड़बड़ाकर बोले—"अभी? इस असमय में?"

लड़की ने हंसते हुए कहा—"यही तो बाहर निकलने का दबत है, बाबूजी!"

किन्तु बहुत-सी चिट्ठियां भी तो हैं। अच्छा, तुम जल्द लौट आना: रात ज्यादा न हो। तब तक मैं इन सबसे निपट लूं।" इतना कहकर साहब फिर अखबार में डूब गए।

आलेखा! लड़की का यह नाम मां ने रखा था—कदाचित् नवीनता के मोह-वश। संभव है, मां के मन के किसी कोने में यह इच्छा भी रही हो कि नाम में हिन्दुओं के किसी देवी-देवता की जरा भी समानता न मालूम पड़े। किन्तु पिता को लड़की का यह नाम जरा भी पसन्द नहीं आया। उन्हें तो उसके उच्चारण में भी अड़चन मालूम पड़ती थी। इसलिए साहब लड़की को बराबर 'आलो' ही कहते आए हैं। यह सीधा-साधा नाम और लोगों की जिह्वा पर भी चढ़ गया है। इन्दु के साथ तो उसकी जान-पहचान बचपन से ही थी। इन्दु की मां और उसकी मां दोनों सहपाठिनी थीं; कुछ समय तक एक ही छात्रावास में रही थीं। दोनों में खूब घनिष्ठता हो गई थी। मृत्युपर्यन्त दोनों की मैत्री अटूट रही। इन्दु का भाई कमलकिरण जब बैरिस्टर बनने के लिए विलायत जाने लगा तब आलो की मां ने अपनी सखी से बात करके निश्चय किया था कि लौट आने पर उसीको अपना दामाद बनाएंगी। पिछले साल वह बैरिस्टर के० के० घोष होकर विलायत से लौट आया है और तब से उसके माता-पिता कई बार रे साहब को उनकी दिवंगता पत्नी के साथ इस वचनबद्धता का स्मरण दिला चुके हैं किन्तु रे साहब हैं कि न उनसे 'हां' करते बनता है, न 'ना' करते बनता है; अपने मन को स्थिर करके कुछ निश्चय करना उनके लिए पहाड़ हो गया है। मानसिक दुर्बलता की भी आखिर कोई सीमा होती है। इन्दु के यहां टूर्नामेण्ट देखने के निमंत्रण-मात्र से क्यों साहब ने नजर सब तरफ से हटाकर अखबार पर गड़ा दी, इसका आलेखा जो भी मतलब समझती हो किन्तु इन्दु की मां कुछ और ही समझतीं। आलेखा को बहू बना लेने के अपने यत्न को अब भी उन्होंन शिथिल नहीं होने दिया था।

इन्दु की मां को अच्छी तरह मालूम था कि आलेखा-जैसी लड़कियां, रूप और गुण दोनों की दृष्टि से, समाज में दुर्लभ नहीं हैं। परन्तु अस्वस्थ एवं वृद्ध पिता के देहावसान के बाद जो सम्पत्ति आलेखा के हाथ लगेगी, उसकी दुर्लभता में इन्दु की मां का जरा भी संशय नहीं था। उधर कमल-किरण भी कोई सामान्य लड़का नहीं था। वह शिक्षित और सुन्दर तो था ही, पके-पकाए पुराने बैरिस्टर पिता का जूनियर भी था। उसका भविष्य अत्यन्त उज्ज्वल है। आलेखा को भी पता है कि कमल के प्रति मां वचन-

बद्ध थीं। इन्दु और उसकी मां जब-तब उससे इस बात का उल्लेख करती रहती थीं। यहां तक कि इस विषय में सभी निश्चित एवं निश्चिन्त थे—संशयात्मा रे साहब का मन स्थिर होने में देर लग सकती है। किन्तु एक न एक दिन उन्हें मन को स्थिर करना ही पड़ेगा। उस समय वर पक्ष किसी प्रकार की उतावली नहीं दिखाएगा। आलेखा के सामने ही इन्दु की मां अपने पति से कहती—"मैं तो इसमें संशय का कोई कारण नहीं देखती। अगर उनकी सहमति न होती तो भला रे साहब इस प्रकार आलेखा को इस घर में आने देते? वह अच्छी तरह जानते हैं कि उनकी लड़की अपने ही आदमियों के बीच, अपने ही घर जा रही है। क्यों बेटी आलो, ठीक कह रही हूं न?"

कमल की उपस्थिति में आलेखा की कनपटी लाल हो जाया करती। पर जब कोई पुरुष न रहता तो वह संकोचपूर्वक, अनुमति की मुद्रा में कह जाती—"मेरे लिए आप मां के समान हैं, बाबूजी यह बात अच्छी तरह जानते हैं।"

इसी तरह की बातों में एक साल बीत गया था।

टेनिस टूर्नामेण्ट के खतम होने पर इन्दु के यहां चाय और जलपान का इन्तजाम था। काफी देर हो गई थी किन्तु इस देर की ओर आलेखा का ध्यान नहीं जा पाया। बात यह थी कि वह बहुत अच्छा टेनिस खेलती थी। कानपुर के और खिलाड़ी आज आलेखा से पराजित हो गए थे। विजय की प्रसन्नता में उसका मन डूब गया था। इन्दु गा रही थी कि अकस्मात् आलेखा की नजर घड़ी की ओर गई। वह तुरन्त उठ खड़ी हुई और पिता बिना किसी संगी-साथी के अकेले होंगे, यह ख्याल आते ही लोगों से विदाई लेने की सामान्य शिष्टता का निर्वाह करने की ओर भी उसका ध्यान नहीं रहा। वह जल्दी-जल्दी नीचे उतर गई।

मोटर तो तैयार थी ही। आलेखा को देखते ही शोफर ने द्वार खोल दिया। बैठते ही आलेखा ने अपने थके शरीर को ढीला छोड़ दिया और निढाल होकर उठंग गई। रात वैसी अंधेरी नहीं थी। चांद कुछ ऊपर उठ आया था। पास की किसी विलायती लता से आनेवाली खुशबू से उसकी सांस भर गई। जोरदार खेल-खेलने के कारण वह बहुत थक गई थी। अब

तक धमनियों में गर्म खून जोरों से दौड़ रहा था। वह सोचने लगी—बिना कुछ कहे-सुने इस प्रकार चुपचाप भाग आना कहां तक ठीक हुआ···

इतने में एक परिचित आवाज सुनाई पड़ी—"भाग आई!"

आलेखा चौंक पड़ी। बोली—"क्या तुमसे उन लोगों से कुछ कहा है?"

कमल ने मुस्कराकर कहा—"नहीं, मेरे सिवा किसी दूसरे को पता ही नहीं लगा। किन्तु मेरी निगाहों को धोखा देना जरा मुश्किल था, आलो! समझीं?"

चांदनी इतनी साफ नहीं थी कि आलेखा का मुंह अच्छी तरह दिखाई पड़ता। वह अपने को संभालती हुई बोली—"तुम तो जानते ही हो कि घर पर बाबूजी अकेले हैं। रात को जरा भी देर हुई तो उनकी परेशानी बढ़ जाती है।"

सिर हिलाते हुए कमल बोला—"जानता हूं। तुम जल्दी करो।"

मोटर स्टार्ट हो गई; शोफर ड्राइव करने को हुआ तो कमल ने फुस-फुसाते हुए आलेखा के कान में कहा—"कहो तो पहुंचा दूं तुम्हें?"

आलेखा को संकोच तो हुआ किन्तु वह 'ना' नहीं कह सकी। हां, उसने इतना जरूर पूछा—"लौटोगे कसे?"

कमल ने कहा—"लौटने की तुमने खूब कही! कैसी स्वच्छ, सुन्दर रात है, देख नहीं रही हो? टहलते हुए जाऊंगा। आगन्तुकों को कुछ मालूम भी न होगा।"

स्वयं ही द्वार खोलकर कमल मोटर में आ बैठा—आलेखा के बगल में।

कुछ दूर तो था नहीं। बस, 5-6 मिनट का रास्ता था। वैसे काम की बातों के लिए इतना समय भी काफी होता है किन्तु दोनों में कोई खास बात नहीं हुई। बस वे आस-पास बैठे रहे। गाड़ी रे साहब के बंगले के अहाते में घुसी ओर जाकर पोर्टिको में खड़ी हो गई। आलेखा को आशंका थी कि मोटर की आवाज सुनकर पिताजी ऊपर के बरामदे से झांकेंगे, किन्तु वैसा हुआ नहीं। दोनों गाड़ी से उतरे। शोफर मोटर ले गया। आलेखा ने दबी जबान से कमल को विदा किया और खुद हाल के भीतर

प्रवेश किया।

बैरा से उसने पूछा—"साहब कहां हैं?"

बैरा सलाम ठोकते हुए बोला—"ऊपर हैं।"

आलेखा सीढ़ियां चढ़कर ऊपर पहुंची। पिता के कमरे में जाकर देखा तो अवाक् रह गई। अलमारी खुली हुई है; कागज-पत्र, फाइलें चारों ओर फैली पड़ी हैं। साहब एक बैरा की सहायता से दो बड़े-बड़े बक्सों में स्वयं ही कागज-पत्र रख रहे हैं।

"यह क्या बाबूजी? कहीं जा रहे हो क्या?"

साहब ने बेटी की ओर देखा; फिर खड़े हो गए और बोले—"देखो तो, बेटा! कैसा कुकाण्ड मचा हुआ है। मैंने तो तभी कहा था—गांधी सब कुछ चौपट करके छोड़ेगा। ये स्वदेशी गुण्डे देश का सत्यानाश कर डालेंगे, यह तो मैं पहले से ही जानता था···"

पॉकेट से एक कागज निकालकर रे साहब ने आलेखा की ओर फेंक दिया और कहा—"सरकार इन्हें जेल न भेजेगी तो देश निश्चय ही बर्बाद हो जाएगा।"

अभी 3-4 घण्टे पहले ही रे साहब इससे बिल्कुल उलटी बातें कर रहे थे पर उन बातों को याद करना व्यर्थ है। आलेखा ने चुपचाप उस कागज को उठा लिया और लैम्प के पास जाकर खड़ी हो गई। एक ही सांस में पूरा पत्र पढ़ गई। यह जमींदारी से आई है। मैनेजर ने लिखी है। खिन्न होकर उन्होंने लिखा है—"जमींदारी की हालत ठीक नहीं है। सारे इलाके में उथल-पुथल मची हुई है। चिट्ठी पर चिट्ठी लिखता रहा हूं; बार-बार आदेश मांगा है किन्तु कुछ जवाब नहीं मिला। गुण्डे यहां तक सिर पर चढ़ गए हैं कि खुलेआम हमारा अपमान करते हैं। अमरपुर बाजार में उन्होंने विदेशी कपड़ों की बिक्री रुकवा दी है। अमलों के साथ मैं खुद पेठ में मौजूद था, फिर भी गुण्डों को ऐसा करने का साहस हुआ। इन सब बातों से जमींदारी की आमदनी बिल्कुल घट गई है। हारकर हमने मजिस्ट्रेट की शरण ली। उधर आन्दोलनकारियों ने रैयत को भड़का दिया। अब वसूल-तहसील सब बन्द है। कोई लगान नहीं दे रहा है। लूट-पाट का खतरा भी बढ़ गया है। सरकारी खजाने में मालगुजारी जमा

करने का समय नजदीक आ गया है किन्तु यहां दो कौड़ी भी वसूल नहीं हो पाई हैं। जल्दी से जल्दी कोई राह निकालनी होगी। लोगों में यह अफवाह फैला दी गई है कि जब तक मालिक नहीं आ जाते, तब तक कुछ नहीं होगा।"

पत्र पढ़कर आलेखा का चेहरा सफेद पड़ गया। उसने भारी कण्ठ से पूछा—"तो बाबूजी, आप स्वयं जा रहे हो?"

रे साहब ने कहा—"दूसरा और चारा ही क्या रह गया है, बेटी? जाऊंगा पर जल्द लौट आऊंगा। एक ही दिन में सब कुछ ठीक हो जाएगा। मि० घोष से कह जाऊंगा, वह सुबह-शाम आकर तुझे देख जाया करेंगे। तुझे कोई नष्ट नहीं होने पाएगा।"

पर लड़की ने इन बातों की ओर कुछ ध्यान नहीं दिया। बोली—"मैनेजर ने तो बार-बार आपको चेतावनी दी, परन्तु आप ही नहीं संभले।"

साहब तमक उठे—"संभला नहीं हूं? कुछ नहीं किया मैंने? बहुत-कुछ किया है बेटी! संभवत: पत्र का उत्तर भी दिया है।"

आलेखा कुछ देर पिता की ओर देखती रह गई। फिर बोली—"नहीं बाबूजी, आप भूल गए हो! है न?"

साहब धीरे से बोले—"संभल कैसे जाऊंगा। अभी उसी दिन तो अपने हाथ से लिखा था कि यदि लोग विलायती कपड़ा पहनना नहीं चाहते तो उसकी बिक्री व्यर्थ है। इस तरह के क्रय-विक्रय से कोई लाभ नहीं बल्कि नुकसान ही है।"

सहमकर बीच में ही आलेखा बोली—"यह आपने किसे लिखा था, बाबूजी? मैनेजर ने तो आपके किसी पत्र के मिलने की चर्चा नहीं की है।"

चिन्तापूर्ण मुद्रा में साहब बोले—"वही जो कलकत्ता से आकर गांव-गांव में रात्रि-पाठशाला खोले बैठे हैं। उन्होंने रैयत और कारीगरों की बातें लिखकर मुझसे आदेश मांगा था। इसमें हर्ज ही क्या है? जो मर्जी हो करें वे लोग। मेरा क्या? मुझे तो अपनी मालगुजारी-भर चाहिए।"

आलेखा ने पूछा—"तो हमारे गांव में भी रात्रि-पाठशाला खोली गई है?"

पिता ने सगर्व उत्तर दिया—"अवश्य! मैंने स्वयं ही तो उन्हें लिख

दिया था कि वे चाहें तो मन्दिर के खाली पड़े नाट्य-भवन का उपयोग पाठशाला चलाने में कर सकते हैं। मिट्टी के तेल-भर का ही खर्चा तो और लगेगा?"

आलेखा ने कहा—"मतलब मिट्टी का तेल भी कचहरी से ही दिया जाता है।"

"आदेश तो मैंने यही दिया है। अब अगर न मिलता हो तो मैं यहां से क्या कर सकता हूं?"

वह कुछ देर चुप रहकर पिता की ओर देखती रही, तब बोली—"बाबूजी, आप उस कमरे में जाकर बैठो। मैं यह सब ठीक किए देती हूं। मैं भी आपके साथ चलूंगी।"

विस्मयपूर्ण स्वर में रे साहब ने कहा—"तुम चलोगी?"

आलेखा ने उत्तर में कहा—"हां, लगता है, बिना मेरे गए काम नहीं चलेगा।"

2

आलेखा पहली बार पिता के साथ अपने पूर्वजों के घर आई है। उसकी उम्र अधिक न होने पर भी तीन बार यूरोप हो आई है। दार्जिलिंग और शिमला तो शायद ही किसी साल छूटता होगा। चायपार्टी या डिनर की अनगिनत दावतों में शामिल हो चुकी है। जब मां जीवित थीं तो अपने यहां की दावतों में कोई त्रुटि न रह जाए, इसकी देखरेख की है। उसे समाजोचित सब तरह की बातों की जानकारी है। गाना-बजाना, खेल-कूद, सभा-सोसाइटी के ढंग उसे ज्ञात हैं। कहां, कब, कैसी पोशाक पहननी चाहिए; कौन रंग और फूल किस मौसम में मैच करता है, यह भी वह जानती है। अभिरुचि और फैशन की शायद ही कोई बात ऐसी हो जिसकी जानकारी उसे न हो। बस, उसे इतना ही नहीं मालूम कि ये सब चीजें

कहां से और किस तरह उसके घर में आतीं हैं। मां-बेटी बस इतना ही जानकर निश्चिन्त थीं कि बंगाल के देहात में कोई गांव है, उसी गांव में उनका कल्पवृक्ष है। उसे न पानी की जरूरत है, न किसी तरह की देख-रेख की। जरा-सा हिलाने से ही उसकी डालों से सोना-चांदी झर-झर बरसने लगता है। चाहते हैं, तभी तरस पड़ता है। मां को तो न कभी जरूरत ही महसूस हुई, न कभी वह यह मानने को ही तैयार हुई किन्तु बेटी कभी-कभी अवश्य देखती है कि ऐसे घोर अपव्यय के लिए प्रबन्ध करने में कभी-कभी पिताजी कितने उदास और म्लान हो उठते हैं। पिताजी की बातों से उसे कई बार ऐसा आभास मिला है कि रहन-सहन में इतना क्लेस्तार और शान-शौकत न हो, तो भी चल सकता है। किन्तु मां के मुंह से उसने सदा यही सुना है कि समाज में रहकर इतना किए बिना काम नहीं चल सकता।

आलेखा ने कभी पिता को इसका प्रतिवाद करते नहीं सुना। ऐसी बात होने पर वह चुपचाप मानो चेतनाशून्य-से बैठ रहते। यहां तक कि उस धूमधाम और चहल-पहल में घर के मालिक का यह रवैया बेतुका मालूम पड़ता था। हां, थोड़ी ही देर में उनकी वह निर्जीव-सी मुखमुद्रा लुप्त हो जाती थी—उत्सव-आयोजन के बीच वैसी निर्लिप्तता ज्यादा देर तक टिकती भी कैसे? निमन्त्रितों के आने का समय हो गया है।···मि॰ अमुक तो आ भी गए है मि॰ अमुक को जल्दी ही कहीं जाना है···। ऐसे वातावरण में गृहपति का अधिक समय तक अविचलित या निर्लिप्त रहना असंभव ही होगा, क्योंकि ऐसे शोरगुल के बीच ज्यादा सोच-विचार करने का अवसर कहां मिलता है?

बचपन से इसी प्रकार लड़की के दिन बीते हैं और आगे भी बीत जाएंगे; मां अपने सामने ही आलेखा को शिक्षित कर गई हैं।

अभी इन लोगों को यहां आए चार-छः दिन ही हुए हैं। जमींदार का भवन—बड़े आदमी का बड़ा घर। वह नूतन ढंग पर बना था; बड़े आदमियों की अभिरुचि के अनुकूल। कोई कोर-कसर नहीं, कोई दोष नहीं। फिर भी आलेखा को यहां कई प्रकार की असुविधाओं का अनुभव हो रहा था। बैठक, रसोईघर, शयनगृह—सभी को फिर से पेण्ट कराना पड़ेगा, नहीं तो आलेखा इस मकान में कैसे रह सकेगी। दरवाजे, खिड़कियां और

चौखटें कैसी भद्दी रंगी हुई हैं। वह उन पर फिर से वार्निश कराएगी। और असबाब को तो देखो, मानो मांधाता के जमाने के बने हों, बेढंगे। उनपर धूल इस कदर जमी है कि रंग पहचानना कठिन है। इस घर में, आंखें खोलकर देखते हुए कैसे रहा जाएगा? चार-पांच हजार खर्च किए बिना काम नहीं चलेगा

ऐसा ही प्रस्ताव लेकर उस दिन सवेरे ही सवेरे आलेखा पिता के सामने उपस्थित हुई। उस समय वह एक नई उम्र के ब्राह्मण अध्यापक से बातें कर रहे थे। पिता उनका परिचय देते हुए लड़की से कहने लगे—'पण्डित श्री रामनाथ न्यायरत्न जो अपने पुरोहित हैं, उन्हीं के नाती हैं यह। यहां से थोड़ी ही दूर पर अपनी जमींदारी का एक मौजा है वराहपुर। वहां पीढ़ियों से चली आती हुई अपनी पाठशाला में पढ़ाते हैं।...और यह है मेरी बेटी आलेखा राय। बेटी, इन्हें प्रणाम करो।"

पिता का ऐसा हुक्म सुनते ही आलेखा के तन-बदन में आग लग गई। गुरु को छोड़ और किसी को भूमिष्ठ होकर प्रणाम करने का रिवाज उनमें नहीं है। तिसपर यह अपरिचित व्यक्ति ठहरा पुरोहित-परिवार का। बचपन से ही वह इन पुरोहितों के विरुद्ध कितने ही अभियोग सुनती आई है। उसके हृदय में यह संस्कार बैठ गया है कि इन पण्डित-पुरोहिनों की कूपमण्डूकता दृष्टिहीनता और गतानुगतिकता के कारण ही इस देश की ऐसी अधोगति हुई है और इन्हीं के हठ एवं विरोध के कारण वे आज तक हिन्दु-समाज से बहिष्कृत हैं। ऐसे ही लोगों में से एक इस व्यक्ति के चरणों में झुकना होगा, इसके प्रति आलेखा की आत्मा विद्रोह कर उठी। हाथ उठाकर नमस्कार की मुद्रा से उसने पिता के आदेश का किसी प्रकार पालन कर दिया।...फिर भी उसने देखा कि पुरोहितवंशी उस अध्यापक ने उसके सामान्य नमस्कार का कोई उत्तर नहीं दिया—टकटकी लगाए आलेखा की ओर ताकता-भर रहा।

लडकी की पलकें उठीं और तुरन्त गिर पड़ीं। वह अपने पिता से बात करने आई थी और उस अपरिचित के प्रति अपरिचित-योग्य उपेक्षा प्रदर्शित करके पिता से बातें करने लगी। बातें करते समय भी वह प्रति क्षण अनुभव कर रही थी कि अपरिचित अध्यापक की अभद्र विस्मित

दृष्टि पीठ की ओर से उसे छेद रही है।

आलेखा कह रही है—"घर का हाल देखा आपने बाबूजी?"

"क्यों, क्या हुआ; ठीक ही तो है बेटी!" आश्चर्य की मुद्रा में रे साहब ने कहा।

होंठ सिकोड़कर लड़की बोली—"यही आपके लिए 'ठीक' है? बैठक और भोजनशाला? मेरी राय में तो फिर से पुताए-रंगाए बिना उनमें न बैठा जा सकेगा, न खाया जा सकेगा। पता नहीं, आपके आदमी यहां क्या कर रहे थे? एक-एक करके इन्हें जवाब देना होगा। पुराने नौकरों से काम नहीं चलेगा; सब निठल्ले और चण्ट हो गए हैं।"

सिर हिलाकर रे साहब ने अपनी सहमति व्यक्त की किन्तु धीरे-धीरे बोले—"कहती तो ठीक ही हो। बहुत दिन हो भी तो गए; एक युग बीत गया। बिना रहे घर में शोभा आएगी कैसे?"

आलेखा ने कहा—"वह तो दूसरी बात है किन्तु यह सब तो नौकरों की लापरवाही से चौपट हो रहा है। मैं मैनेजर, नौकर-चाकर, माली-मेहतर सभी से कैफियत मागूंगी और जिनका कसूर होगा, उन्हें कड़ी सजा दूंगी। इसमें आप रुकावट न डालना बाबूजी।"

साहब हंसते हुए बोले—"सब कुछ तुम्हारा ही तो है; तब मैं क्यों रोकने लगा बेटी? अपने आदमियों पर तुम्हारे अनुशासन स्थापित करने में मैं क्यों व्यर्थ रुकावट डालूंगा? मैं भली भांति जानता हूं कि तुम और चाहे जो करोगी परन्तु किसी के प्रति अन्याय नहीं होने दोगी।"

लड़की हृदय में प्रफुल्लित हो उठी। बोली—"सारा फर्नीचर बेकार-सा है। इन्हें कबाड़ी को उठवा दूंगी। नये मंगवाने में कम से कम चार-पांच हजार लग ही जाएंगे।"

कुछ शंकित स्वर में वृद्ध ने कहा—"इतनी रकम? बेटी, इस जंगल में तुम रह तो सकोगी नहीं। दो दिन के लिए हो; इतना खर्च करके नये ढंग पर घर सजा जाओगी और फिर इसी तरह वह भी य्यर्थ हो जाएगा।'

आलेखा ने निषेध की मुद्रा में सिर हिलाकर कहा—"नहीं, मैंने तय कर लिया है बाबूजी कि इस बार यहीं रह जाएंगे। जाना भी हुआ तो कम से कम दो बार हम हर साल अवश्य आएंगे। ध्यान न देने पर सब विनष्ट

हो जाएग—इतना मैं अच्छी तरह समझ गई हूं।"

लड़की की इस बात पर प्रसन्नता से बार-बार सिर हिलाते हुए पिता ने कहा—"इतने दिनों बाद भी यदि तेरी समझ में यह बात आ गई तो इससे अधिक खुशी की बात मेरे लिए और क्या हो सकती है?"

फिर रे साहब अध्यापक की ओर देखते हुए बोले—"ठीक है न अमरनाथ? कैसी अच्छी बात है कि इतने दिनों बाद लड़की वास्तविक चीज को समझ पाई है।"

अमरनाथ हां' या 'न' कुछ नहीं बोले। हां, लड़की जरूर मुस्कराती हुई बोली—"यह समझने में मुझे नहीं; आपको इतने दिन लगे हैं बाबूजी! अगर दस-पन्द्रह साल पहले भी यह बात आपकी समझ में आ गई होती तो इस समय मुझे यह सब नये सिरे से नहीं करना पड़ता।"

लड़की की बातों का विरोध करने का साहस तो वृद्ध पिता में था नहीं किन्तु उनका मुखमण्डल देखने से स्पष्ट हो गया कि वह बहुत उद्विग्न हो उठे हैं। बौले—"पर ऐसी जल्दी ही क्या है, धीरे-धीरे होने दो काम।'

लड़की गर्दन हिलाती बोली—"नहीं बाबूजी, ऐसा नहीं होगा।"

इतना कहने के बाद आलेखा ने जल्दी से एक तार पिता के हाथ में पकड़ा दिया—एक अंग्रेजी उपन्यास के बीच से निकालकर। जेब से चश्मा निकालकर रे साहब ने उस तार को दो-तीन बार देखा और फिर वापस लड़की को दे दिया। फिर एक हल्की सांस लेकर बोले—"तभी तो! अपनी और बहिनों के साथ कमलकिरण कलकत्ता आ रहे हैं। संभव है, घोष साहब भी आएं। कब तक वे लोग आ रहे हैं बेटी? लिखा है कुछ?"

लड़की ने कहा—"कदाचित् कलकत्ता पहुंचने के बाद इसकी सूचना देंगे।"

आंखों पर से चश्मा उतारकर उसे केस में रखा; फिर केस को जेब में रखकर अपनी गंजी चांद पर हाथ फेरा। इसके बाद फिर कहा—"तभी तो?"

यद्यपि आलेखा को अकालवृद्ध अपने पिता की आर्थिक दुरवस्था का ठीक-ठीक अन्दाज नहीं था किन्तु इधर कुछ दिनों से उसे इस प्रकार का सन्देह जरूर हो रहा था। वह इस समय यह सवाल उठानेवाली नहीं थी

किन्तु रे साहब ने स्वयं ही पूछा—"कितनी रकम चाहिए आलो? जो बहुत आवश्यक हो—।"

मन ही मन हिसाब जोड़कर आलेखा ने कहा—"ठीक-ठीक बताना तो कठिन है किन्तु सोने वगैरा के लिए कम से कम चार कमरे तो चाहिए ही; इसलिए चार ड्रेसिंग टेबल, लगभग दस आरामकुर्सियां···"

"दस!" आशंकापूर्ण दृष्टि से रे साहब ने कहा। फिर कुछ रुककर अध्यापक की ओर मुंह करके बोले—"अमरनाथ, मुझे दुःख है कि मैं तुम्हारे प्रवासी छात्रों की कुछ भी सहायता, इस समय, न कर सकूंगा।"

अमरनाथ ने मुस्कराते हुए—"लगता तो मुझे भी ऐसा ही है राय साहब!"

सुनकर क्रोधावेश से आलेखा जल उठी। भला इस अध्यापक की उद्दण्डता तो देखिए! पारिवारिक प्रसंग छिड़ते ही जिस अपरिचित, अभद्र व्यक्ति को यहां से उठकर चला जाना चाहिए था वह न केवल बैठा रहा बल्कि स्थिति-दुःस्थिति की आलोचना में प्रकारान्तर से शामिल हो गया; सो भी व्यंग्य-विद्रूप के स्वर को लिए हुए! पिता के लिए इस व्यक्ति ने जिस सम्बोधन का प्रयोग किया था वह भी पुत्री के कानों में चुभ रहा था। इतना सब होते हुए भी चिरकालिक शिक्षा-दीक्षा ने इस समय उसे असंयत होने से रोके रखा। इस बाहरी भिक्षु के प्रति घोर अमान्यता एवं उपेक्षा का अबम्बन करते हुए वह मुस्कराई और पिता से बोली—"इतना हुए बिना कैसे काम चलेगा बाबूजी? फिर गड़ियों की मरम्मत कराना है; कार्पेट खरीदना है; चाय और डिनर-सेट भी मंगवाने होंगे; तीन-चार हजार तो लग ही जाएंगे बल्कि ज्यादा भी लग सकते हैं।"

लम्बी सांस लेकर रे साहब ने कहा—"हां, इतना तो लग ही जाएगा बेटी!"

पिता की इस लम्बी सांस के बाद भी हंसना लड़की के लिए कठिन ही था, फिर भी वह जबर्दस्ती की हंसी हंसती हुई बोली—"जैसा समाज होता है, वैसी ही रीति होती है। उन लोगों का स्वागत-सत्कार आप 'राइट रायल इण्डियन स्टाइल' (श्रेष्ठ भारतीय शैली) के अनुसार पुरवा-पत्तल से तो कर नहीं सकोगे। यह भी नहीं हो सकता कि ईजी चेयर के

बदले कुशासन बिछाकर आतिथ्य की रस्म पूरी कर दी जाए। तब और चारा ही क्या है?"

थोड़ी देर चुप रहकर रे साहन ने कहा—"अच्छा, सब ठीक होना चाहिए। जब दूसरा कोई चारा है ही नहीं, तब ऐसा ही होगा। तुम एक सूची बना लो बेटी!"

सिर हिलाती हुई आलेखा बोली—"मैं सब ठीक कर लूंगी बाबूजी, आप बिल्कुल चिन्ता न करना।" फिर थोड़ी देर बाद कहा—"इसमें आपके लिए चिन्ता करने की कोई बात तो थी ही नहीं, इतना ही कि इस तरफ आपने थोड़ा ध्यान रखा होता तो अच्छा होता।"

रे साहब ने कुछ नहीं कहा। शायद वह मन ही मन सोच रहे थे कि अभी तो दोनों आंखें अच्छी तरह खुली हैं, फिर भी दुश्चिन्ता की कोई सीमा नहीं है। उधर लड़की कहती जा रही थी—"किन्तु आपको अब मैं कुछ करने न दूंगी। जो भी करना होगा, स्वयं करूंगी। न जाने कब से यह फिजूलखर्ची चली आ रही है, बिना बाधा-बन्ध के। भला, इतने आदमियों की क्या जरूरत थी? जो आंखों से देख नहीं पाते, कानों से जिन्हें सुनाई नहीं पड़ता, ऐसे दो-चार नहीं, बीस-पचीस आदमी बैठकर खा रहे हैं! हमारी आंखों में धूल झोंकते हुए क्या ये निठल्ले लोग अपना सारा जीवन बिताएंगे? मैं इन सबको निकाल बाहर करूंगी; नवयुवकों को रखूंगी। आधे नौकरों से दूना काम होगा। ठाकुरद्वारों को ही देखो; कितने हैं! इनके लिए कितनी बड़ी रकम बर्बाद होती है। दस-बारह हजार तो इसी मद में बच जाएंगे।"

अब तक बूढ़े मालिक आनेवाले अतिथियों के विषय में ही सोच रहे थे; आलेखा की बातों की ओर उनका ध्यान नहीं था। किन्तु पिछली बात सुनकर वह चौंक पड़े। बोले—"किस मद से बचाओगी बेटी? देवता के पूजन-अर्चन से? जिन्होंने यह सम्पत्ति उपार्जित की थी, वे ही पूर्वज देव-सेवा के लिए इतनी रकम निश्चित कर गए हैं। तू देवोतर सम्पत्ति पर हाथ कैसे डालेगी?"

इस पर आलेखा बोली—"अपव्यय का यह दोष मैं उन्हीं पूर्वजों के सिर तो डाल रही हूं बाबूजी। स्वयं आपने तो एक प्रतिमा भी स्थापित

नहीं की। यह ठीक है कि फिजूलखर्ची की यह परम्परा वही स्थापित कर गए हैं किन्तु भूल किसी से शुरू हुई हो, उसे ठीक तो करना ही होगा। बाबूजी, आपको याद होगा कि मां बराबर यह सब बन्द कर देने को कहती थीं।"

पिता चुपचाप एकटक पुत्री के मुख की ओर देखते रह गए। उस विस्मित-क्षुब्ध दृष्टि के सामने आलेखा लजा-सी गई और जैसे उसी से बचने के लिए सहसा बोल पड़ी—"इस मूर्तिपूजा पर आपकी आस्था है क्या बाबूजी?"

रे साहब ने कहा—"मेरे विश्वास या अविश्वास पर तो इन प्रतिमाओं की प्रतिष्ठा हुई नहीं बेटी!"

"तब क्यों आप मूर्तिपूजा का यह भार ढोते हो?"

"मैं कहां ढो रहा हूं बेटी? जिन्होंने इनकी स्थापना की थी, मेरे वे पूर्वज ही इनका भार ढोए जा रहे हैं—हां, आज भी। जिन प्रतिमाओं—देवी-देवताओं पर तुम्हारा विश्वास नहीं, उन्हें वंचित करो, यह मैं नहीं होने दूंगा।"

पिता की इस निम्नस्तरीय दुर्बलता का कड़ा जवाब आलेखा देने जा रही थी किन्तु सहसा विस्मित होकर वह अपना जबाब ही भूल गई। जो अध्यापक अभी तक चुपचाप बैठा हुआ था, उसने नीचे झुककर सहसा रे साहब के जूतों के तले का अपने हाथ से स्पर्श किया और उनकी धुल माथे से लगाई।

"क्या हुआ अमरनाथ? यह तुमने क्या किया?"

अमरनाथ, विनयपूर्ण स्वर में, बोला—"कुछ नहीं महोदय। अभी तक आपको जो प्रणाम करना भूल गया था, उसी त्रुटि का मार्जन किया है।"

साहब ने कहा—"त्रुटि कैसी भैया? भला तुम मुझे प्रणाम क्यों करोगे? मैं तो ब्राह्मण हूं नहीं।"

अमरनाथ बोला—"यह तो आप जानें। मैंने तो केवल अपना कर्तव्य-पालन किया है, बस। अज्ञान में आदमी न जाने कितनी और कैसी-कैसी भूलें करता रहता है।"

बात कदाचित् वृद्ध समझ नहीं पाए। कहने लगे—"यह तो है ही अमरनाथ! भला भूल-भ्रम की कोई सीमा है? किन्तु मुझे प्रणाम न करना तुम्हारी भूल नहीं थी; मैं अब प्रणाम के लायक रहा नहीं।"

अमरनाथ ने इसका कोई उत्तर नहीं दिया चुपचाप ही रहा। परन्तु आलेखा चुप नहीं रह सकी। पीछे पड़कर अपनी बातें कहने की न उसकी शिक्षा है, न स्वभाव ही उसका उस प्रकार का है। किन्तु इस समय उसका विस्मय क्रोध में बदल चुका था और असहनीय हो उठा था। बोली – "अब तो इनके प्रवासी छात्रों की सहायता आपको करनी ही होगी बाबूजी!"

पर बूढ़े साहब को यह व्यंग्य स्पर्श भी नहीं कर पाया। वह आंतरिक संकोच के साथ बोले—"सहायता देना ही तो कर्तव्य है बेठी! किन्तु तुम क्या सोचती हो? क्या हम सहायता देने की स्थिति में हैं?"

लड़की ने कहा—"सहायता करना ही हो तो छिपकर करना बाबूजी! देव-द्विज-भक्ति की आपकी बातें चारों ओर फैल गई तो और मुसीबत होगी।"

आश्चर्यपूर्ण स्वर में पिता ने कहा—"मुसीबत!"

अध्यापक सहसा जोर से हंस पड़ा—"हा! हा! हा! हो! हो! हो! भला इसमें मुसीबत की क्या बात है? आप जरा भी भीत न हों। ड्रेसिंग टेबलों तथा कांटों-चमचों-डिशों के नीचे सब कुछ दब जाएगा।"

चोट करने का अवसर पा जाने के कारण इस व्यक्ति के प्रति आलेखा के मन की कटुता कुछ कम होती जा रही थी, किन्तु अब प्रतिपक्षी के इस अकस्मात् परिहास के प्रत्याघात से और क्रूर हो गई। वह सब कुछ भूल गई और बोली—"दब तो अवश्य सकता है किन्तु जूतों के तले की धूल का मूल्य भी तो आपको चुकाना पड़ेगा न!"

कहने को कह तो गई किन्तु कहते ही लज्जा से संकुचित हो उठी उसकी समझ में ही नहीं आया कि ऐसी हलकी बात कैसे उसके मुंह से निकल सकी। रे साहब ने अत्यन्त विस्मयपूर्ण दृष्टि से बेटी की ओर देखा। वह चाहे जितने भोले रहे हों, आलेखा ने आगन्तुक की ओर जो बाण छोड़ा था उसका अर्थ उनसे छिपा नहीं रह सका। इसी समय नौकर ने आकर यह सूचना दी कि बाहर की बैठक में कुछ भद्रजन बड़ी देर से प्रतीक्षा कर

रहे हैं।

साहब ने यह कहकर नौकर को विदा कर दिया—"उनसे कहो, मैं आ रहा हूं।" फिर उठते हुए बड़े मीठे स्वर में कहा —"तुमने यह गलत कहा बेटी!" फिर अमरनाथ की ओर घूमकर बोले—"भैया, तुम बैठो, मैं अभी आया।"

रे साहब बाहर चले गए। आलेखा पिता के साथ न जाकर वहीं बैठी रही। पिता के जाने के बाद अत्यन्त लज्जा के भाव से वह धीरे-धीरे बोली —"आपसे मेरा परिचय नहीं था, किन्तु अपनी अशिष्टता के लिए मुझे बड़ा खेद है। आपसे मैंने अभी जो कुछ कहा, वह ठीक नहीं किया।"

अध्यापक ने कहा —"हां, ठीक नहीं किया।"

किन्तु आलेखा को अमरनाथ की वह सीधी-सी बात भी अच्छी नहीं लगी। थोड़ी देर चुप रहकर वह बोली—"पिता के प्रति किसीका सम्मान प्रदर्शित करते देख लड़की को प्रसन्नता होती है। मेरे बाबूजी बड़े भले आदमी हैं। उनके प्रति छलना का आचरण आपको भी शोभा नहीं देता।"

अमरनाथ ने चीखकर कहा —"छलना! छलना कैसी?"

आलेखा ने पूछा—"आडम्बरपूर्वक चरणों की धूलि को सिर से लगाना कहां तक उचित था?"

अमरनाथ बोले —"उचित तो वह था ही।"

आलेखा बोली—"यदि सचमुच ऐसी बात है तो मैं कुछ न कहूंगी। मैं अपनी गलती स्वीकार करती हूं।"

उठकर जाते-जाते सहसा रुककर बोली—"एक बात आपसे और पूछती हूं। आपका पेशा है पौरोहित्य। बाबूजी के मनोबल को क्षीण पाकर आपका उच्छ्वसित हो उठना स्वाभाविक है किन्तु जिनका धार्मिक विश्वास दूसरी तरह का हो, जो ब्राह्मण और देवता को बिल्कुल ही न मानते हों, वे यदि इस प्रकार असत्य को प्रश्रय दें तो क्या आप इसे अनुचित नहीं मानेंगे?"

अध्यापक ने सिर हिलाकर कहा—"नहीं बिल्कुल नहीं। अन्याय या अनुचित तब होता जब वह आपके स्नेह से दुर्बल होकर आपको सहारा देते या उनका अपना अविश्वास उनके कर्त्तव्य-पालन में रुकावट पैदा करता।"

अध्यापक की बातों में व्यंग्य का दंभ था; आलेखा की भौंहें टेढ़ी पड़ गईं। वह बोली—"अपना विश्वास चाहे जैसा रहे, सदा से जो जैसा चला आ रहा है, उसे उसी प्रकार चलने देना चाहिए, यही है न आपका अभिप्राय?"

अध्यापक ने हंसते हुए कहा—"यह तो आपकी विलायती शैली का सामान्य-सा तर्क हुआ। अपने विश्वास का आखिर एक औचित्य तो होता ही है। उसके बाद की बातों का ज्ञान आपको नहीं है। फिर ऐसी युक्तियों से और कोई फायदा तो होने वाला है नहीं, कटुता जरूर बढ़ेगी। किन्तु यह सब जाने दीजिए, मन्दिर के देवी-देवता सच हों या झूठ, कुछ बोलते तो वह हैं नहीं। यदि उन्हें भोग-नैवेद्य न दिया गया तो भी वे प्रतिवाद नहीं करेंगे। किन्तु इतने मूल्य के विदेशी दर्पण और बर्तन-भांडे, चीज-वस्तु खरीदने पर जो आपत्ति करेगा, वह चुप नहीं रह जाएगा; कुछ न कुछ जरूर कहेगा। और यह भी हो सकता है कि जोरों के साथ कहे। इसलिए ऐसा काम आप न कीजिएगा।"

इस बार आलेखा को अध्यापक के शब्दों में तुच्छता का ऐसा आभास मिला कि उसने अपने को न केवल तिरस्कृत बल्कि अपमानित भी अनुभव किया। वह फिर क्रुद्ध हो गई और विस्मय-भरे नयनों से बार-बार उस आदमी की ओर देखती रही। अध्यापक ने हाथ कते सूत का कपड़ा पहन रखा था; कन्धे पर पड़ी चादर भी खादी की ही थी। पांव नंगे थे। यह सब देखने के बाद सहज-कठिन स्वर में आलेखा ने पूछा,—'आपका सम्बन्ध असहयोग आंदोलन से तो नहीं है?'

अध्यापक ने उत्तर दिया—"है।"

"आप जानते हैं कि यहां बटुकदेव किसका नाम है?"

"हां, जानता हूं। मेरा ही नाम बटुकदेव है।"

आलेखा बोली—"तभी तो? अब आ गया मेरी समझ में सब कुछ। परन्तु आप हमें विदेशी माल खरीदने से रोकेंगे कैसे? क्या मेरी प्रजा को लगान देने से मना करेंगे?"

अध्यापक ने कहा—"कोई असंभव बात तो नहीं है। बड़ी कठिनाई से बेचारे रकम एकत्र कर पाते हैं।"

"पर मान लो हमने विदेशी बर्तन-भांडे खरीद ही लिए, तो क्या आप तोड़-फोड़ का यत्न करेंगे?"

अध्यापक ने कहा—"तोड़-फोड़ क्यों करेंगे? आपको खरीदने ही नहीं देंगे।"

आलेखा कुछ क्षण के लिए तो सन्न रह गई। बड़ी कठिनाई से उसने अपने क्रोध पर नियंत्रण स्थापित किया। फिर शान्त स्वर से बोली—"देखिए अमरनाथ बाबू, बाबूजी तो सीधे-सादे आदमी हैं किन्तु मैं वैसी नहीं हूं। इसीलिए तो मैं आने को मजबूर हुई। पता नहीं, आप लोगों का यह आन्दोलन अच्छा है या बुरा है। संभव है, अच्छा हो किन्तु मेरी प्रजा से, मेरी तहसील-वसूल से, मेरी जमींदारी से, मेरे संसार से आप अपने आन्दोलन को अलग ही रखिएगा। मैं पुलिस को पसन्द नहीं करती और उसके द्वारा देशवासियों को दण्ड दिलाने में मुझे कष्ट होगा किन्तु हाथ-पांव बांधकर उसके लिए आप मुझे लाचार न कर दीजिएगा।"

इतना कहकर वह उत्तर की प्रतीक्षा किए बिना ही वहां से तेजी के साथ चल दी। अमरनाथ ने पुकारकर कहा—"यदि यह बात है तो आप अपने प्रति न्याय नहीं कर रही हैं!"

आलेखा द्वार के पास ठिठककर खड़ी हो गई और बोली—"न्याय-अन्याय-सम्बन्धी मेरी और आपकी धारणा का एक होना जरूरी नहीं है।"

इतना कहकर वह बाहर चली गई। जो वहां रहा, वह अवाक् होकर खुले द्वार की ओर देखता बैठा रह गया।

3

रे साहब यह देखकर लड़की से बहुत खुश थे कि वह जमींदारी के कामों में बड़ा उत्साह दिखा रही है।

एक ओर मकान की सफाई, लिपाई-पुताई, रंगाई, सामान का परिवर्तन

शुरू हुआ, दूसरी ओर जमींदारी के ढीले-ढीले ढांचे में शृंखला आने लगी; नित्य नये-नये कानून-कायदे जारी होने लगे। मैनेजर पेंशनयाफ्ता डिप्टी-मजिस्ट्रेट थे। उन तक को पता नहीं था कि दुनिया के कार्यों में अनभिज्ञ इस लड़की के अन्दर ऐसी क्षमता छिपी होगी। वह भी आलेखा की योग्यता को मान गए। अब सवेरे से शाम तक मैनेजर महोदय को दम मारने की फुर्सत नहीं मिलती। दखल, कब्जा, खाता-खतौनी, रोकड़-रोडसेस, किसे क्या कहते हैं और कैसे कहां क्या हुआ करता है—आलेखा इन सब विषयों पर मैनेजर से बहस किया करती है। यहां तक कि मैनेजर महाशय को पसीना छूट जाता। किस नौकर की क्या ड्यूटी है, कौन कितना पाता है, मुस्तैदी के साथ करने पर कितना काम कौन कर सकता है, यह सब जानकारी प्राप्त करने में आलेखा को देर नहीं लगी। कुछ बूढ़े नौकरों को उसने पहले से ही ताक रखा था। जिरह करने पर मैनेजर ने यह बात स्वीकार कर ली कि ऐसे बूढ़ों से कुछ भी लाभ नहीं है। उन्होंने यह भी कहा कि कई बार साहब को इस बात की रिपोर्ट कर दी गई है किन्तु उसका कुछ परिणाम नहीं निकला। साहब का कहना था कि नौकरी करते-करते जिनकी उम्र पक चुकी है और जो बूढ़े हो गए हैं, उनसे जोर-जबर्दस्ती के साथ काम लेने की जरूरत नहीं है। नये नौकरों से जमींदारी का काम चल जाएगा। इसलिए इस समय नौकरों की एक पल्टन-सी खड़ी हो गई है।

आलेखा ने कहा—"और यही कारण है कि बाबूजी के खर्च को पूरा नहीं पड़ता।"

मैनेजर ब्रजबाबू चुप रह गए।

आलेखा बोली—"मुझे सदावर्त नहीं चलाना है; मैं तो काम चाहती हूं।"

ब्रजबाबू ने कहा—"आप जो कहेंगी, वही होगा।"

दो-तीन दिन हुए, रे साहब अपने पुराने मित्रों से मिलने कलकत्ता गए हैं। इस बीच आलेखा ने एक दिन मैनेजर साहब को बुलवाया और उनके हाथ में छोटा-सा एक कागज पकड़ाकर कहा—"पूरे महीने का

वेतन चुकाकर आप इन्हें जबाव दे दीजिए। बाबा दुर्बल प्रकृतिवाले आदमी हैं, उनसे सबकी चर्चा करने की जरूरत नहीं।"

ब्रजबाबू ने कांपते हाथों से कागज ले लिया और चश्मे के अन्दर से एक-एक नाम पढ़ते गए। उनका गला भर गया। कुछ संभलकर बोले—"जैसी आज्ञा, किन्तु यह नयन गांगुली बहुत ही गरीब है। उसका—"

"गरीबों के लिए दुनिया में दूसरा प्रबन्ध है।"

"सो तो है, किन्तु—" ब्रजबाबू दबी जबान से बोले।

इसी 'किन्तु' में आलेखा ने मैनेजर को अटका रखा, आगे नहीं बढ़ने दिया। कहा—"देखिए मैनेजर महाशय, बहस मैं बिल्कुल नहीं चाहती। मैंने भली-भांति सोच समझकर तय किया है। अब आप जा सकते हैं।"

"जैसी आज्ञा"— कहते हुए बूढ़े ब्रजबाबू हाथ में कागज पकड़े धीरे-धीरे बाहर निकल गए। जमींदार की शिक्षित कन्या के स्वभाव का आभास आज उन्हें मिल गया था। इसलिए प्रतिवाद करने का साहस ही उन्हें नहीं हुआ। लगा—कहीं ऐसा न हो कि उनका नाम भी बूढ़ों और अपाहिजों की सूची में आ जाए। मैनेजर महाशय यह भी भली-भांति जानते थे कि जिनको आज नौकरी से अलग किया गया है वे लोग केवल कह देने से चुप नहीं बैठ जाएंगे; आवेदन-निवेदन, अर्जी-अपील, सही-सिफारिश आदि नौकरशाही दुनिया में जो कुछ भी प्रचलित है, सभी तरकीबें लगाएंगे, यों नहीं मानेंगे।

और ऐसा ही हुआ। अगले ही दिन चार दरखास्तें आईं। ब्रजबाबू ने सब आलेखा के पास भेज दीं। दरखास्तों में बंगला की दरिद्रता का पूरा इतिहास और उसके कारणों का उल्लेख किया गया था। हर एक ने अपने-अपने परिवार की विधवाओं का वर्णन किया है और रो-कल्पकर यह प्रकट कर दिया है कि इस दरबार के सिवा उनके लिए कहीं दूसरी जगह नहीं है।

किन्तु किसी भी युक्ति से आलेखा का हृदय द्रवित नहीं हुआ। प्रत्येक दरखास्त के हाशिये पर आजकल की शैली में उसने लिख दिया—"मैं विवश हूं, कुछ नहीं कर सकती।" ब्रजबाबू को भी ऐसी ही आशा थी।

उन्होंने सबको बुलाकर कह दिया—"जब तक साहब कलकत्ता से नहीं लौटते, धीरज रखो। आंसुओं का यदि कुछ मूल्य है तो वह उस 'खूसट' बूढ़े से ही प्राप्त हो सकेगा।"

तीन-चार दिन के बाद सुबह के समय आलेखा अपनी बैठक के बरामदे में बैठी सामने कुछ नक्शे फैलाकर देख रही थी; पेंटिंग की कुछ डिजाइनें भी वहां थीं। डाइनिंग रूम के लिए इनमें से एक-दो डिजाइनें पसन्द करनी थीं। सहसा एक बहुत ही बूढ़ा आदमी वहां आ गया। रूप-रंग से बीमार लगता था; कपड़े फटे-पुराने और मैले थे जिनपर बदरंग चित्तियां थीं।

आलेखा ने सिर उठाकर पूछा—"कौन?"

वह हकलाहट के कारण तुरन्त जवाब नहीं दे सका। बाद में बोला—"मैं नयन गांगुली हूं।"

आलेखा ने उसे पहचानकर कड़े स्वर में पूछा—"क्या है?"

अपनी बात कहने के यत्न में उसको मुंह-आंख की आकृति बिगाड़नी पड़ी; अन्त में बोला—"मेरी लड़की का नाम दुर्गा है। उसने कहा कि तुम सीधे उनके पास जाओ; नौकरी मिल जाएगी। मेरा दौहित्र गणपति बड़ा बुद्धिमान···"

इस व्यक्ति की शक्ल देखते ही आलेखा को घृणा हुई थी। अब उसकी असम्बद्ध बातें सुनकर उसने समझ लिया कि जिन लोगों को जवाब दिया गया, उनमें भी यह बूढ़ा सबसे अधिक निकम्मा है। नक्शों और डिजाइनों पर से दृष्टि हटाए बिना उसने कहा—"मैं कुछ नहीं कर पाऊंगी। तुम बाहर जाओ बाबा!"

फिर भी बुड्ढे ने हिलने का नाम नहीं लिया; उसी तरह अचल खड़ा रहा। अपनी गृहस्थी की दुर्दशा का वर्णन करने लगा—"तेरह रुपये की इस जीविका के अलावा जीवन का कोई अवलम्ब नहीं है। ब्राह्मणी का स्वर्गवास बहुत पहले हो चुका है। पांच साल पहले लड़का भी चला गया। दामाद नौकरी करने आसाम गया था परन्तु वहीं संन्यासी हो गया; अब कहीं उसका पता ही नहीं है।"

खीझकर आलेखा बोली—"तुम्हारे घर का समाचार जानने की न

मेरी इच्छा है, न मेरे पास इतना समय है। बाबा, तुम जाओ यहां से।"

तब भी मानो गांगुली ने नहीं सुना; अपने दुःख की कथा कहता ही रहा। आलेखा ने बैरे से कहकर उसे बलात् बाहर निकलवा दिया। और अपने काम में दत्तचित्त होकर बैठ गई।

कलकत्ते से आर्डर का माल-असबाब धीरे-धीरे आने लगा था। दूसरे दिन सुबह एक मूल्यवान भारी-सा दर्पण आलेखा अपने शयनग्रह में लगवा रही थी कि एक दसवर्षीय लड़के का हाथ पकड़े हुए मैनेजर महोदय आ गए। लड़के के शरीर पर कोई कपड़ा नहीं था; केवल कमर से एक फटा-पुराना मैला-सा अंगोछा झूल रहा था। रोते-रोते उसकी आंखें सुर्ख हो रही थीं और सूज आई थीं। आलेखा ने विस्मय के साथ उसकी ओर देखा। ब्रजबाबू ने कहा—"असमय आपको परेशान करने आया हूं परन्तु विवशता थी—"

काम में लगे रहते कोई आ जाता है तो वह प्रसन्न नहीं होती। फिर घोष साहब इत्यादि आने वाले हैं और यहां बहुत सारा काम बाकी पड़ा है। आलेखा ने पूछा—"बहुत जरूरी काम है क्या?

ब्रजबाबू ने गर्दन हिलाकर कहा—"पहले नयन गांगुली के वेतन में प्रति मास पांच रुपयों की कटौती की गई थी किन्तु बाद में आपने आश्वासन दिया था कि इस सम्बन्ध में विचार किया जाएगा—"

खीझ की मुद्रा में आलेखा ने उत्तर दिया—"अब मुझे इसकी आवश्यकता नहीं मालूम देती।"

ब्रजबाबू को आगे कुछ कहने का साहस नहीं हुआ। लड़के का हाथ पकड़े चुपचाप लौटे जा रहे थे कि आलेखा को कुछ कुतूहल हुआ। पूछा—"यह लड़का कौन है मैनेजर महाशय, गांगुली का दौहित्र तो नहीं?"

लड़के ने स्वयं ही सिर हिलाकर 'हां' कहा और रो पड़ा। तब ब्रजबाबू ने धीरे-धीरे कहा—"कल बनिये ने गांगुली को चावल-दाल देने से इन्कार कर दिया क्योंकि उसे गांगुली के जवाब दिए जाने का हाल मालूम हो चुका था; शायद पहले का भी कुछ हिसाब निकलता था। चौका-चूल्हा बन्द हो गया; किसी ने कल कुछ खाया नहीं। मृत पुत्र और लापता दामाद के शोक से गांगुली का होश-हवास पहले ही ठिकाने नहीं

था; न जाने क्या सोच उसने कनेर की गुठली को पीसकर पी लिया और आत्महत्या कर ली। अब जब तक पुलिस नहीं आती, दाह-संस्कार भी नहीं हो सकता।"

आलेखा ने चौंककर पूछा—"आत्महत्या! किसने की?"

लड़का रो रहा था, बोला—"नाना ने।"

"नाना? नयन गांगुली? आत्महत्या कर ली उन्होंने?"

ब्रजबाबू बोले—"जी हां, सवेरे मर गए। पांच रुपये मिलें तो इन लोगों का बड़ा उपकार होगा।"

फिर उन्होंने लड़के से कहा—"बेटा, हाथ जोड़कर कहो—मां हमें पांच रुपयों की भिक्षा मिले। बोलो बेटा!"

लड़के ने हाथ जोड़कर रोते-रोते ब्रजबाबू के बताए हुए शब्दों को दोहरा दिया। आलेखा मूर्तिवत् निस्तब्ध होकर लड़के को एकटक देखती रह गई।

लड़के को लेकर ब्रजबाबू चले गए। जाते हुए वह भली-भांति समझ चुके थे दाहसंस्कार से श्राद्ध तक सब काम हो जाएंगे। रुपये के अभाव से किसी काम में रुकावट न आएगी। अब आलेखा को सब कुछ निरर्थक लग रहा था—कमरों की पेण्टिग, साज-श्रृंगार, ठाट-बाट सब उसके लिए अर्थहीन हो उठा। वह वहां से उठकर बैठक की कुर्सी पर चुपचाप जा बैठी।

मिस्त्री ने आकर पूछा—"हुजूर, अलमारी कहां रखी जाएगी?"

आलेखा ने डूबते-स्वर में कहा—"अभी उसे रहने दो।"

महाराज ने आकर पूछा—"खाना क्या बनेगा?"

आलेखा ने कहा—"कुछ बना लो मुझे मत पूछो।"

मरम्मत के काम के लिए एक ठेकेदार आया परन्तु उसे भी उदासीनता की चोट खाकर लौट जाना पड़ा। आलेखा के मन में बार-बार यह बात उठने लगी कि उसे कुछ नहीं चाहिए; इस देश में अब वह किसी को मुंह दिखाने लायक नहीं रही। उसको इसकी कोई कल्पना नहीं थी कि विलायती शैली से नितान्त नवीन ढंग से कार्यारम्भ करने पर इतना बड़ा आघात लगेगा। आखिर यह हो क्या गया? उसके हृदय में किसी के प्रति

द्वेष नहीं है; किसी के प्रति कोई अन्याय उसने नहीं किया है। एक भूल उससे जरूर हो गई है किन्तु उसके लिए इतना बड़ा दण्ड? उस व्यक्ति ने और कुछ नहीं किया, सीधे आत्महत्या करके उससे बदला ले लिया!

आलेखा ने एक मामूली नौकर को बुलाया और उससे धीरे-धीरे सब बातों की जानकारी प्राप्त कर ली। नयन गांगुली की नौकरी चालीस साल पुरानी थी। बीच में कभी रुकावट नहीं आई। वह सचमुच बहुत गरीब था। छोटे-छोटे दो कच्चे घरों को छोड़ संसार में उसके पास कोई जायदाद नहीं थी। यह तेरह रुपये मासिक की नौकरी हो उसके जीवन का एकमात्र सहारा थी। इसीपर उसकी सारी घर-गृहस्थी निर्भर थी। ये सभी बातें सच्ची हैं।

यह तेरह रुपये क्या चीज है? पर इसी तुच्छ रकम के सहारे एक दरिद्र परिवार का खान-पान, आशा-आकांक्षा, आनन्द-उल्लास इतने दिनों, इतने सालों तक टिका रहा।

ये चन्द रुपये! कितनी छोटी-सी रकम है यह! जूतों के कितने ही जोड़े आलेखा के पास पड़े हैं। उनमें से एक भी जोड़ा इस तुच्छ रकम से न खरीदा जा सकेगा। तब क्या मूल्य है इन चन्द रुपयों का! आज एक आदमी अपने प्राण देकर इस तुच्छ रकम का यथार्थ मूल्य उसे बता गया है—मानो आंखों में उंगली डालकर उसे यह बता गया है। आलेखा के हृदय में आंधी चल रही है। दिन-भर के भूखे उस लड़के की हिचकियां उसके कानों में बार-बार आकर चुभती हैं। इस आर्त्तनाद का कोई कूल-किनारा उसे मिल नहीं रहा है।

वह गुमसुम बैठी है। पिछले समय में किए हुए एक-एक खर्च उसे याद आ रहे हैं। अपना, अपनी मां का, परिचित बन्धु-बान्धवों का, अपने सभ्य समाज का विविध आहार-विहार, उत्सव-आयोजन, आमोद-प्रमोद, खेल-कुद, साज-सिंगार, आभूषण-अलंकार, सवारियां, आडम्बर—इन सभी मदों में होने वाले खर्च की रकमों का ख्याल करके आलेखा की नसों में बहता रक्त ठण्डा पड़ता जा रहा है। निकट की तिपाई पर नये मंगाए हुए बड़े दर्पण का बिल पड़ा था। उसके आंकड़ों पर निगाह पड़ते ही उसने सोचा—इतने में तो नयन गांगुली पांच साल अपना संसार चलाता!

आखिर ऐसे बहुमूल्य दर्पण की क्या आवश्यकता थी?

आज शाम की ट्रेन से रे साहब कलकत्ता से लौटने वाले थे। पिता के मन से दुर्बल होने के कारण आलेखा की उनके प्रति बड़ी अश्रद्धा थी। अपनी मां से उसने यही शिक्षा पाई थी। रे साहब दूसरों की अनुचित एवं अन्यायपूर्ण बातों का विरोध नहीं कर सकते; आंखों की शरम उन्हें ऐसा करने से रोकती है। उनकी इस दुर्बलता का लाभ लेकर न जाने कितने आदमी कितने प्रकार का उपद्रव-उत्पात मचाते रहे हैं। रे साहब ने उनके विरुद्ध कभी कुछ नहीं कहा। आलेखा ने उन सब उपद्रवों को निर्मूल करने का बीड़ा उठाया था और इन खराबियों के मूल पर ही कुठाराघात करने लगी थी। पुराने निठल्ले और निकम्मे नौकरों को निकाल बाहर करने के उसके प्रस्ताव को सुनकर ब्रजबाबू ने उससे दबी जबान से कहा था—'साहब की राय इस तरह की नहीं है।' तब आलेखा ने मैनेजर की बात पर ध्यान ही नहीं दिया। उसने पिता की अनुपस्थिति में ही उनकी कमजोरी का मार्जन करते हुए इस सवाल को हल कर लेना चाहा था। किन्तु वह वृद्ध अकर्मण्य नयन गांगुली जब आत्महत्या द्वारा आज सर्वथा अकल्पित एवं अज्ञात प्रकाश की एक नई दिशा का द्वार खोल गया तब एकान्त में बैठी आलेखा को मालूम पड़ा कि कितने ही नये प्रश्न अपना समाधान चाहते हैं। तब उसे अनुपस्थित, अशक्त पिता की याद आने लगी। वह मन ही मन कहती है—'हृदय की दुर्बलता और कोमलता एक ही चीज है बाबूजी! आपको समझने में हमने सदा ही भूल की है किन्तु आप हो कि कभी आपने शिकायत नहीं की।'

पिता का स्मरण आने पर आलेखा को यह भी अनुभव होने लगा कि दुनिया केवल दुकान ही नहीं है। बाट से तौलकर दर निश्चित कर देने से ही मनुष्य का मनुष्य के प्रति जो कर्त्तव्य है, वह समाप्त नहीं हो जाता। अक्षम मनुष्य को भी तो जीने का अधिकार है; जीवित रहने का उसका अधिकार केवल इसलिए छीना नहीं जा सकता कि आज उसमें काम करने की सामर्थ्य नहीं रह गई है।

पहले कचहरी सवेरे और फिर तीसरे पहर लगा करत थी। आलेखा ने आजकल के आफिसों की तरह कचहरी का समय 11 से 4 तक कर

दिया था। इस बीच वह स्वयं मैनेजर के पास बैठकर सब काम-काज देखा करती थी। किन्तु आज वह कर्मचारियों को अपना मुंह नहीं दिखा सकी; बैठक की सीमा में ही बनी रही; बाहर निकली ही नहीं। आज उसे खाना-पीना कुछ भी अच्छा नहीं लग रहा था।

इसी प्रकार बैठे-बैठे आज का सारा दिन कट गया; शाम हो चली। खिड़की से झांककर उसने देखा कि स्टेशन से बग्गी खाली लौटी आ रही है; साहब नहीं आए। उनके आने-जाने के कार्यक्रम में कभी गड़बड़ी नहीं होती थी। नियत समय पर न लौटने के कारण आलेखा को चिन्ता भी हुई और 'जानबची' की भावना का भी अनुभव हुआ। यह तो उसे भली भांति मालूम था कि पिता नाराज नहीं हो सकते, एक भी कठोर शब्द उनके मुंह से नहीं निकल सकता। किन्तु जो मूक-व्यथित प्रश्न उनके चेहरे पर उदित होगा, उसका वह क्या उत्तर देगी? यह एक विषम समस्या थी। आज पिताजी नहीं आए तो जान बच गई—इसी प्रकार के विचारों में खोई आलेखा किंचित् शान्ति का अनुभव कर रही थी कि नौकर ने आकर सूचना दी—"पण्डितजी मिलने आए हैं।"

"कौन पण्डितजी? कहां हैं?"

चिक के उस पार से आवाज आई—"मैं हूं अमरनाथ। यहीं हूं।"

आलेखा उठकर खड़ी होती हुई बोली—"आइए।" 'नहीं' कहने का न उसे अवसर था, न फुर्सत थी।

आलेखा ने हाथ जोड़कर नमस्कार किया किन्तु अध्यापक महोदय आज भी उस दिन की सी अचल मुद्रा में खड़े रहे। बदले में नमस्कार करने का कोई प्रयास उन्होंने नहीं किया। आलेखा ने यह सब देखा किन्तु आज उसके मन में सन्तुलन नहीं था। इसलिए वह किसी की त्रुटि पकड़ने की स्थिति में नहीं थी।

पण्डितजी स्वयं कुर्सी पर बैठकर, क्षणभर पश्चात्, बोले—"खास मतलब से ही मुझे इस समय आपके पास आना पड़ा है, अन्यथा आपको कष्ट न देता।"

गंवई-गांव में कहीं कोई बात हो, उसकी जड़ में यह आदमी अवश्य रहता है। जान पड़ता है, महाशयजी नयन गांगुली की आत्महत्या के

विषय में ही कुछ टोह लेने आए होंगे। मैं सब जानती हूं। आलेखा के मन में यही सब बातें उठ रही थीं। उसने यह भी सोचा कि पिता की अनुपस्थिति में इस आदमी से कैसे बातें करनी होंगी, किस तरह जवाब देना पड़ेगा। इसलिए अपना मन मजबूत करके शान्त स्वर में बोली—"कहिए।"

पण्डितजी मुस्कराकर बोले—"कोई और चाहे न समझे किन्तु मैं इसे अच्छी तरह समझ रहा हूं कि आज आपका हृदय बहुत खिन्न है। मैं उस विषय में आपसे बात करने नहीं आया हूं। मैं आपका शत्रु नहीं हूं।"

परन्तु आलेखा को लगा मानो यह आदमी व्यंग्य करने के लिए ही आया है। पर उसने मन को वश में रखा; चंचल नहीं हुई और सहज शान्त स्वर में बोली—"आप अपनी बात कहिए।"

अध्यापक अमरनाथ बोले—"कल बाजार का दिन है, किन्तु पुलिस आज ही शहर से आ गई है और चारों ओर घेर लिया है। आपने ऐसा काम क्यों किया?"

आलेखा चौंक पड़ी। जिस दिन वह यहां आई थी, उसके दूसरे ही दिन उसने बिना विशेष जानकारी प्राप्त किए जिला मजिस्ट्रेट को एक पत्र भेज दिया था। अफवाहों और कानाफूसी में सुनी बातों के आधार पर उसने उस पत्र में बाजार के बारे मे लिखा था। आलेखा यह भी नहीं जानती थी कि इस पत्र का क्या असर होगा। संभव है मजिस्ट्रेट के पास पत्र ही न पहुंचे या पहुंचने पर भी उसने उसपर कुछ ध्यान ही न दिया हो। काफी समय बीत गया था और आलेखा पत्र की बात भी भूल गई थी। आज, इतने दिनों बाद, उसे यह सूचना मिल रही है।

आलेखा ने मृंदु स्वर में कहा—"ठीक तो है; पुलिस के आने-भर से क्या हो गया?"

अमरनाथ ने कहा —"आप तो बाहर थीं, आपको क्या मालूम है? यह झगड़ा सरलतापूर्वक समाप्त नहीं होगा। दो-चार लाशें भी गिर सकती हैं।"

आलेखा डरकर बोली—"लाश! गिरेगी? किस की लाश?"

"कह नहीं सकता। हो सकता है, मेरी भी लाश गिरे।"

"आपकी?"

"असंभव नहीं है। आत्मसम्मान के लिए मरने का ही अवसर आ गया तो मुझे ही उसका नेतृत्व करना पड़ेगा।...इस समय तो मैं जल्दी में हूं। एक जगह दूर जाना है। कल सुबह आपको समय मिलेगा?"

आलेखा परेशान होकर बोली—"हाँ, मिल सकता है। आप जब बुलाएंगे, मैं हाजिर हो जाऊंगी। किन्तु आप मुझे झूठा डर न दिखावें।"

अमरनाथ के स्वर में आक्रमण की जरा भी गर्मी नहीं थी। वह मुस्कराते हुए उठ खड़े हुए और बोले—"नहीं, आतंक जमाने की आदत मुझको नहीं है किन्तु कल सुबह मेरे लिए थोड़ा समय अवश्य रखिएगा।"

इतना कहकर वह बाहर चले गए।

4

शाम हुई ही है किन्तु नौकर अभी तक लैम्प नहीं रख गया है। पश्चात्ताप, थकान और चिन्ता के बोझ से बुरी तरह दबी हुई आलेखा चुपचाप बैठी थी। उसे अपने में इतनी भी ताकत नहीं मालूम हो रही थी कि उठकर ऊपर अपने सोने के कमरे में जाए और सो रहे।

इसी समय एक वृद्ध ने चिक उठाकर अन्दर प्रवेश किया। विस्मय और विरक्ति से भरी आलेखा सीधी होकर बैठ गई और पूछा—"कौन?"

सामने एक कुर्सी पड़ी थी। उसे सावधानी से अपनी ओर खींचकर वृद्ध बैठ गए और बोले—"मेरा नाम निमाई भट्टाचार्य है। अमरनाथ से मेरा दूर का सम्बन्ध होता है; वह मेरा पोता लगता है। अमरनाथ ही क्यों पास-पड़ोस के और सब भी मेरे पोते लगेंगे। इस ओर आयु में मुझसे बड़ा और कोई नहीं है। तुम्हारे पिता राधामाधव बचपन में मुझे चाचा कहते थे। अपने जीवन का अन्तिम भाग काशी में बिता रहा था किन्तु इस बार वहां ऐसी गर्मी पड़ी कि मुझसे सहन नहीं हुई। अहा! कोई देश बंगाल

की समता क्या खाकर करेगा। दूसरा कोई देश ऐसा नहीं—बस, स्वर्ग है! तुम कैसी हो? तुम्हारे पिता कैसे हैं?"

आलेखा ने गर्दन हिलाकर कहा—"बाबूजी अच्छे तो हैं, किन्तु इन दिनों यहां हैं नहीं, बाहर गए हुए हैं। क्या काम है?"

"आज ही तो राधामाधव लौट आनेवाले थे?"

"थे तो किन्तु अभी तक आए नहीं हैं। आने पर कल आप भेंट कर लीजिएगा।"

आलेखा की ओर देखकर वह कुछ मुस्करा पड़े और बोले—"नहीं बेटी, नहीं। मेरी स्थिति अच्छी है; मैं कुछ मांगने नहीं आया हूं। अमरनाथ से सुना है, तुम विलायत भी हो आई हो। मैं सुशिक्षित कन्याओं के प्रति बहुत स्नेह रखता हूं; उनसे बातें करने का मोह मन में रहा है किन्तु कभी अवसर मिला नहीं। इस प्रकार की लड़कियां एक नगण्य वृद्ध से बातें क्यों करने लगीं? मन में आया, घर के निकट ही तुम रह रही हो; पता नहीं फिर ऐसी सुविधा मिले न मिले। फिर मैं तो पका आम हूं बेटी! पता नहीं कितने दिन टिक सकूंगा? किन्तु तुम इस वृद्ध पर नाराज तो नहीं हो रही हो?"

"जी नहीं"—आलेखा लजा गई; फिर नम्र होकर बोली—"तबीयत कुछ ठीक नहीं थी आज!"

भट्टाचार्य ने कहा—"इसकी सूचना भी मुझे मिल चुकी है। अमरनाथ मुझे सब कुछ बता गया है। बड़ा अच्छा लड़का है वह। इस उम्र में उसकी बराबरी करनेवाला दूसरा कोई दिखाई नहीं पड़ता।······ओह, पागल ने आत्महत्या कर ली! बेचारा दुःख की ज्वाला सहन नहीं कर सका। भगवान जिसकी शक्ति ले लेते हैं वह मनुष्य मनुष्य नहीं रह जाता, बेटी! बार-बार मैं यही सोचता हूं। मेरा रास्ता गांगुली के घर से ही होकर आता है। उधर से ही आया हूं। लोग अग्नि-संस्कार के लिए लाश को ले गए थे; अभी तक श्मशान से लौटे नहीं थे। उसकी लड़की घर के अन्दर गला फाड़कर रो रही थी—ओह! जरा-से पाप का इतना बड़ा दण्ड! चीजें तो आती-जाती रहेंगी किन्तु यह कलंक जीवन-भर मिटनेवाला नहीं। मेरे मन में आया कि मकान के अन्दर जाकर उससे कहूं—'दुर्गा, अब

चीखने से क्या होगा? अब कोसना निरर्थक है! बेचारी को क्या पता था कि इतना बड़ा कुकाण्ड हो जाएगा। उसे इसका पता होता तो कभी तुम्हारे पिता को वह खाली हाथ न लौटाती। मेरा उससे परिचय नहीं है दुर्गा, फिर भी मैं उसे अच्छी तरह पहचानता हूं। जो होना था वह तो हो गया। जो बच गया है वह जिन्दगी-भर पछताता रहेगा। कलंक का टीका कभी न मिटेगा।' गंभीरतापूर्वक सोचता हूं तो यह सब ठीक नहीं लगता। इस घटना से गांगुली की लड़की को जैसी चोट लगी है उससे जरा भी कम चोट तुमको नहीं लगी बेटी!"

आलेखा आज पहले से ही बड़ी उद्विग्न थी। इस वृद्ध आगन्तुक की बेसिर-पैर की बातों से उसकी परेशानी और बढ़ गई। वृद्ध की बात खत्म होने पर वह विस्मयवश कुछ देर चुप रही, फिर उनकी ओर देखती रही। तब बोली—"आपसे यह सब किसने कहा? आपको कैसे मालूम पड़ा कि मुझको चोट लगी है?"

वृद्ध ने कहा—"अमरनाथ ने ही ऐसा बताया था।"

आलेखा धीरे-धीरे बोली—"अमरनाथ बाबू ने भी खूब कल्पना की है! उनकी बात तो वही जानते होंगे। गांगुली महोदय नौकरी से मुक्त हो चुके थे। अपनी जमींदारी का काम ठीक ढंग पर चलाने का यत्न करना तो कोई पाप नहीं है?"

भट्टाचार्य ने कहा—"पाप की बात तो अमरनाथ ने की नहीं; एक बार भी उसने अपराधी के रूप में तुम्हारा जिक्र नहीं किया?"

"मैंने तो केवल अपने कर्तव्य का पालन-भर किया है।"

यह सुन वृद्ध ने अन्धकार में आलेखा के मुंह पर टकटकी लगाकर देखने की चेष्टा की। फिर मुस्करा पड़े। बोले —"इधर-उधर की बातें करके सत्तर साल के इस बूढ़े को तुम ठगोगी, ऐसा नहीं बेटी! कर्तव्य ऐसी चीज नहीं जिसकी नाप-तौल की जा सके। एक नासमझ, अपंग दुखिया तुम्हारा दाना-पानी पाकर अपना समय बिता रहा था। तुमने उसका दाना-पानी बन्द कर दिया तो उसने आत्महत्या कर ली! अब तुम कर्तव्य की दहाई देकर अपने सन्ताप पर पर्दा नहीं डाल सकतीं। उसकी अभागी कन्या

गला फाड़-फाड़कर मरी जा रही है; नाती रोते-रोते श्मशान गया है। इस दुःख का कोई आदि-अन्त नहीं है। मुझसे न छिपाओ बिटिया! मैं सब देख रहा हूं। वेदना से तुम्हारा कलेजा फट रहा है।" यह कहकर चादर की छोर से भट्टाचार्य अपनी भीगी आंखों को पोंछकर जाने लगा कि 'खट' आवाज हुई। बूढ़ा चौंक पड़ा। अभी तक आलेखा अपने पर काबू किए हुए किसी तरह ये बातें सुन रही थी किन्तु बूढ़े की बात समाप्त होते न होते उसने सामने के टेबल पर जोर से सिर पटक दिया और फफककर रो पड़ी।

बूढ़े निमाई भट्टाचार्य गुमसुम बैठे रहे। उन्होने आलेखा के रोने में बाधा नहीं डाली; समझाकर चुप कराने का यत्न नहीं किया। उन्हें ऐसा करना असामयिक लगा। पांच-छ: मिनट के पश्चात् आलेखा स्वयं ही बैठी और आंखें पोंछने लगी। तब स्नेह से भरे मृदु स्वर में निमाई ने कहा—"मैं तो पहले से ही जानता था बेटी! तुम्हें ऐसा हृदय न मिला होता तो समस्त शिक्षा निरर्थक सिद्ध होता न? जमींदारी का यह बाझ तुम्हारे बस का नहीं है बेटी!"

शायद और किसी के सामने कभी वह अपनी दुर्बलता इस प्रकार प्रकट न होने देती, किन्तु आज इस अपरिचित व्यक्ति की सामने मर्यादा-पालन की उसने जरा भी चेष्टा नही की। यह उसकी सामर्थ्य के बाहर था। गीली आखों से देखती टूटे-से स्वर में बाली—"में आपके इस देश में रहने की इच्छा से आई थी किन्तु इस घटना के बाद अब किसी का अपना मुह भी न दिखा सकूंगी।"

तनिक सोचने के बाद भट्टाचार्य ने कहा—"मैं यह तो नहीं कह सकता कि यह संकोच, यह शर्म असत्य है; इस तरह की सान्त्वना झूठी होगी। यदि सदा के लिए यह सब छोड़कर जा सको, तभी जाना सार्थक होगा, नहीं तो व्यर्थ होगा। यह संभव नहीं कि बाहर रहकर यही का रस चूस-कर जीवन-निर्वाह करो और अपने आश्रित जन की आत्महत्या के उत्तर-दायित्व से छूट जाओ। यहां की लाज-शर्म दबाकर यदि दूसरी जगह निर्द्वन्द्व रहना है, तो उससे अच्छा तो मेरी राय में यही है कि तुम यहां रहो। लोगों को ठगने की जरूरत क्या है?"

आलेखा ने कहा—"मेरा तो इसमें कोई अपराध नहीं है। किन्तु यहां

के लोग इस बात को मानेंगे नहीं।"

भट्टाचार्य ने कहा—"उनका मान लेना तो ठीक भी नहीं होगा।"

आलेखा सहसा कठोर होकर बोली—"आप गलती पर हैं।"

निमाई भट्टाचार्य ने तुरन्त कहा—"संभव है, किन्तु तुम्हें मैं अपना आशीर्वाद देता हूं कि तुममें इतना साहस हो कि एक दिन इस सत्य को स्वीकार कर सको।"

सेवक लैम्प रख गया। उस प्रकाश में आलेखा सिर ऊपर न उठा सकी। निमाई भट्टाचार्य कहने लगे—"तुम पढ़ी-लिखी लड़की हो; मैं तुम्हें दूर से देखने आया हूं। जो शिक्षा तुम्हें प्राप्त हुई है, उसके कारण तुम्हारे हृदय पर यह बात खिंच गई है कि संसार में योग्यता ही सबसे बड़ी चीज है। क़िन्तु हमारे इस सोने के देश ने कभी, किसी भी रूप में इस बात को स्वीकार नहीं किया। इस देश में अपंग, अशक्त, अयोग्य-अकर्मण्य को भी अन्न-बस्त्र पाने का अधिकार है। अयोग्य होने से ही उसे जीवित रहने के अधिकार से वंचित नहीं किया जा सकता। तुमने गांगुली का वही अधिकार छीन लिया। उसके दुःख तथा दुर्दशा की सम्पूर्ण बातें तुम्हें मालूम थीं, फिर भी प्राणों के मूल्य के बदले तुमने उससे खाता लिखने की योग्यता की मांग की। तुमने निर्णय कर लिया कि जो कोई तुम्हारा काम नहीं करेगा उसकी तनख्वाह, उसके दाना-पानी की छोटी-सी रकम भी तुम्हारे कैश-बॉक्स में जमा होती जाएगी। है न यही बात बेटी?"

आलेखा का कण्ठ फिर भर आया। उसने कहा—"मैंने यह कभी न सोचा था कि बात यहां तक बढ़ जाएगी। मैं इतनी क्षुद्र तो नहीं हूं।"

वृद्ध भट्टाचार्य कहते गए—"मैं यह जानता हूं तभी तो मैंने तुम्हारी शिक्षा का उल्लेख किया। अमरनाथ बताता था कि तुम्हारा खर्च बहुत ज्यादा बढ़ा हुआ है। कपड़े-लत्ते, मोजे-जूते, कंघी-कांच, तेल-साबुन, स्नो-क्रीम, पाउडर-लिपस्टिक···इन चीजों में खूब खर्च होता है। यदि तुम्हें यही कुशिक्षा मिली है कि एक दीन-हीन आदमी के अन्न-वस्त्र की आवश्यकता से तुम्हारी इन विलास-सामग्रियों की आवश्यकता बड़ी है तो उसे आज भुला देना ही तुम्हारे लिए अच्छा होगा। तुम्हें यह तथ्य मन में बैठा लेना होगा कि दुर′बल, अयोग्य मनुष्य को भी जीन का अधिकार हैं। यह संयोग

की बात है कि तुम इतनी बड़ी जमींदारी की स्वामिनी हो परन्तु यह अब नहीं चल सकता कि तुम्हारी प्रसाधन-सामग्री का प्रबन्ध करने के लिए एक आदमी को आत्महत्या करनी होगी। जिस सामाजिक नियम के अनुसार इतना बड़ा अन्याय तुम कर सकी वह नियम चाहे जितना पुराना हो, मानव-समाज का श्रेष्ठ एवं चरम विधान नहीं हो सकता। मैं तो बहुत वृद्ध हो चुका, वह दिन देखने का अवसर मुझे प्राप्त नहीं होगा किन्तु वह समय शीघ्र ही आनेवाला है। अक्षम और अकर्मण्य कहकर आज तुम जिनके अधिकारों का अपहरण कर रही हो उनकी संतान तुमसे कैफियत तलब करेगी। तब मानवता के उस न्यायालय में जमींदारी के बल पर किसीकी कोई दलील संगत और यथार्थ नहीं मानी जाएगी। तुम मेरी इस बात को याद रखना बिटिया!"

कोई ऐसी बात नहीं कि बूढ़े भट्टाचार्य की बातों पर आलेखा ने विश्वास कर लिया हो। दूसरा कोई समय होता तो वह इन अप्रिय-कठोर बातों से नाराज हो जाती, किन्तु आज उसके मन की स्थिति ठीक नहीं थी। इसलिए उत्कण्ठा, संकोच और धीरज के साथ उसने पूछा—"क्या आप समझते हैं, प्रजा विद्रोह करेगी? क्या वह इसी प्रकार सोच रही है?"

निमाई भट्टाचार्य बोले—"बेटी, विद्रोह शब्द कानों को अच्छा नहीं लगता; बहुत-से लोगों को वह नापसन्द है। फिर मनोभाव कोई स्थायी पदार्थ नहीं है। परिस्थिति और शिक्षा का ही परिणाम होते हैं मनोभाव। एक-दूसरे से कन्धा मिलाकर तेजी के साथ प्रजाजन जिस दिशा में बढ़ रहे हैं, उसीकी ओर मैंने तुम्हारा ध्यान दिलाया है। अब उनको ठगा नहीं जा सकता। चालाक लोगों ने अफीम खिलाकर आज तक इनको सुला रखा था; अब भूख की आग के मारे इनकी नींद टूट गई है। अब खाली पेट लिए हुए ये पुरानी रीति-नीति, कानून-कायदे के भय से मान जाएंगे, ऐसा मत सोचना बेटी!"

आलेखा कुछ देर चुप रही, फिर सोचकर बोली—"क्या यह सब हमारी विदेशी शिक्षा का ही दोष है?"

"मैंने दोष की बात तो नहीं कहीं, इतना जरूर कहा है कि वह उसीका परिणाम है।"

आलेखा ने कहा—"कुपरिणाम?"

बूढ़े को हंसी आ गई। फिर बीले—"बात कुछ बिखर-सी गई है बेटी! कुपरिणाम-सुपरिणाम की बात मैंने कही नहीं है, हां, परिणाम की बात जरूर कर रहा था। मैंने इन्हीं आंखों से देखा है कि एक पत्ता तम्बाकू (खाने की) और छ: पैसे की मजदूरी पर लोग दिन-भर काम करते थे। इतने में ही उनके परिवार का भरण-पोषण हो जाता था। सब काम बड़े मजे में चल जाता था बेटी! देश में रुपयों की कमी जरूर थी किन्तु खाने-पीने की चीजों का बाहुल्य था। रेल नहीं थी, जहाज नहीं थे इसलिए विदेशी साहब और स्वदेशी मारवाड़ी देश का अनाज उन दिनों बाहर नहीं भेज पाते थे, न करोड़ों रुपयों का फायदा कर पाते थे। जिस प्रकार आज-कब उन्हें करोड़ों आदमियों का जीवन नष्ट करने का अवसर मिलता है, उस तरह उन दिनों नहीं मिलता था और तब भूखे लोगों के मुंह का कौर छीनकर उसे सोने-चांदी में बदलने वाले जुआरी-सटोरियों का जन्म नहीं हुमा था।" कहते-कहते बूढ़े की आंखें सजल हो गईं किन्तु उन्होंने अपना क्रम जारी रखा —"बेटी, मेरे बचपन में, किसीको जीवित रखने की योग्यता प्रमाणित करने के लिए ऐसी कठोर परीक्षा नहीं देनी पड़ती थी। परन्तु आज अपने देश की अवस्था कैसी हो गई है? मुट्ठी-भर कदन्न भी आज नष्ट नहीं हो सकता; अक्लमन्द और पूंजीपति मिलकर उसे सोने-चांदी में बदल देते हैं। शायद अर्थशास्त्र के विद्वान इसे बड़ा शुभ लक्षण बताएंगे किन्तु गांव-गांव की खाक छाननेवाले हमारे जैसे लोग खूब समझते हैं कि यह कैसा शुभ लक्षण है!"

बूढ़े निभाई भट्टाचार्य के स्वर में मुख-मुद्रा से आलेखा के अन्दर एक टीस-सी उठी परन्तु उसने अपने को संभालकर कहा—"आप ट्रेन और जहाज को अच्छा नहीं समझते?"

निमाई ने हंसकर कहा—"किसी भी चीज को इस प्रकार एकदम अच्छा या खराब नहीं बताया जा सकता। दूसरी चीजों और व्यक्तियों के साथ उसकी तुलना करके देखना होता है, तभी उसकी बुराई-भलाई का यता चलता है।"

आलेखा मुस्कराकर बोली—"यह सब तो बातों की पैंतरेबाजी हुई;

असली बात मुझसे सुनिए। आप लोगों का जो पण्डित-समाज है वह विदेशी शिक्षा-दीक्षा के बिल्कुल विरुद्ध है। आप लोगों के मन में यह धारणा घर कर चुकी है कि विदेशियों का सब कुछ बुरा है और आप लोगों की सब बातें अच्छी हैं। किन्तु जब तक उनकी विद्या और विज्ञान को आप लोग ग्रहण नहीं कर लेते तब तक अपने विचारों को सन्तुलित नहीं कर सकते।"

बूढ़े भट्टाचार्य सिर झुकाए कुछ देर सोचते रहे, फिर उन्होंने आंखें उठाकर आलेखा को देखा और बोले—"खुद अपने मुंह अपना परिचय देने में संकोच का अनुभव हो रहा है किन्तु तुम्हारी बातों से लगता है कि तुम्हें अपना परिचय न देने का अपराध मुझसे हो रहा है। मैं अपने समय का एक अच्छा अध्यापक था; अमरनाथ मेरा शिष्य रहा है। मुझसे पढ़कर ही उसने एम०ए० किया है। मैंने ही उसे संस्कृत भी पढ़ाई थी। तुमने अभी जिस विद्या और विज्ञान की ओर इशारा किया था उसमें पारंगत तो नहीं हो सका किन्तु उनसे सर्वथा अनजान भी नहीं हूं बेटी!"

बूढ़े निमाई की बातों से आलेखा चौंक उठी, जैसे किसी ने उसके मुंह पर एक थप्पड़ रसीद किया हो। मुंह लाल हो गया। बूढ़े आगन्तुक ने उसकी ओर चुपचाप देखा; कहा—"आज तुम बहुत थक गई हो बेटी! ऊपर जाकर विश्राम करो। यदि अमरनाथ किसी मुसीबत में न पड़ गया तो वह और मैं दोनों कल आएंगे। अभी तो जा रहा हूं।"

इतना कहकर वह उठ खड़े हुए। और भी कुछ कहना चाहते थे किन्तु कहा नहीं, कहते-कहते उसे संवरण कर लिया और बाहर निकल गए।

5

रे साहब दूसरे दिन लौट आए। आने पर नयन गांगुली की आत्महत्या की खबर सुनी। सुनकर दंग रह गए। लड़की से कुछ बोले-चाले बिना

ही सीधे गांगुली के घर चले गए। आलेखा ने कभी सोचा नहीं था कि बात यहां तक जा सकती है।

जब शाम को वह अन्दर आए तो उनके मुखमण्डल पर प्रसन्नता की आभा थी, किन्तु इस दुर्घटना के विषय में वह चुप ही रहे। आलेखा को कुछ भी मालूम नहीं हो पाया कि उन्होंने नयन गांगुली की लड़की से क्या कहा, क्या किया। रात इसी तरह कट गई।

दूसरे दिन सुबह आलेखा पिता के पास आई। उसके हाथ में एक पत्र था। बोली—"शाम की ट्रेन से घोष साहब आनेवाले हैं; साथ में इन्दु भी आएगी।"

"कौन, घोष साहब?"

आलेखा ने सिर हिलाकर कहा—"नहीं, नहीं, कमलकिरण। इन्दु की मां और घोष साहब कदाचित् पांच-छः दिन बाद आएंगे।"

पिता ने कहा—"अच्छा!"

आलेखा ने कहा—"उनके स्वागत-सत्कार का कोई प्रबन्ध नहीं कर पाई हूं।"

"नहीं कर पाई हो! पांच-छ: दिन हैं, इस बीच कर तो लोगी न?"

सिर हिलाकर आलेखा ने कहा—"असंभव है बाबूजी!" फिर कुछ देर रुककर कहा—"एक दुर्घटना हो गई है। आपने सुना ही होगा। बड़े दुःख की बात है।"

रे साहब ने कहा—"हां।"

"उन लोगों के लिए क्या कुछ तय किया है?"

"नहीं—अभी कोई प्रबन्ध कहां कर पाया हूं?" इतना कह चुप हो रहे।

रे साहब ने कभी लड़की का तिरस्कार नहीं किया है। उसके हृदय पर कभी आघात नहीं किया। अब और कोई तो बचा था नहीं। उनके लिए इस वृद्धावस्था में माया-ममता का सारा केन्द्र आलेखा ही थी। उसके आगे उन्होंने अपने को एक शिशु-सा बना लिया था। वह लड़की ही उनकी अभिभावक (गार्जियन) बन गई थी, इसलिए लड़की से असहमत या विरुद्ध होकर कुछ भी कर सकने की क्षमता का उनमें लोप हो गया था।

आलेखा ने पूछा—"कुछ प्रबन्ध क्यों नहीं कर आए?"

साहब बोले—"मालिक तो तुम हो। मैं तो अवकाश ले चुका हूं। समस्त अधिकार तुम्हें सौंप दिए हैं; भलाई-बुराई सबका बोझ अब तुम्हीं पर है। जो करना होगा, तुम्हीं करोगी।"

भीगे स्वर में आलेखा बोली—"नासमझी के कारण यदि कोई गलती मुझसे हो जाए तो उसे आपके सिवा और कौन ठीक करेगा?"

पिता ने कहा—"मैं कौन बड़ा समझदार हूं! दुनिया के सामने तो आज तक समझदारी का कोई प्रमाण नहीं दे सका हूं। बिना समझे-बूझे यदि तुम कोई गलती कर बैठी हो तो भगवान उसे ठीक कर देंगे। जिन्होंने समझ दी है उन्हें ही उसमें सुधार करने की चिन्ता भी है।"

साहब की भीगी दृष्टि खुली खिड़की के परे किसी अनिर्दिष्ट शून्य में जाकर टिक गई। आलेखा ने इस मुद्रा में पिता को कभी नहीं देखा था। वह अवाक् हो रही। लड़कपन से ही वह समझती आई है कि उसके पिता सोलहों आने साहब हैं। धार्मिक विषय पर वह बात नहीं करते। यह भी प्रकट नहीं होने देते कि ईश्वर में उनकी निष्ठा है भी या नहीं। इसीलिए घर-बाहर के सब लोग उनको ईश्वर के प्रति अविश्वासी समझते हैं। तब भी पुराने समय से चले आए हुए पूजा-पाठ, जप-अनुष्ठान पूर्ववत् चल रहे हैं। रे साहब ने धर्मादा का कोई भी कार्य बन्द नहीं होने दिया; सबको ज्यों का त्यों चलता रहने दिया। आलेखा की मां इसे सदा ही उनकी धर्मभीरुता और हृदय-दौर्बल्यता कहा करती थीं। स्वयं आलेखा की भी पिता के विषय में कुछ ऐसी ही धारणा बन गई थी किन्तु इस समय पिता की इस मुद्रा के कारण आलेखा का ध्यान उनके स्वभाव के एक-दूसरे ही पहलू की ओर गया। आलेखा ने धीरे-धीरे कहा—"जब तक आप जीवित हो तब तक यह बोझ आप ही उठाओ बाबूजी!"

"क्यों बेटी?"

"मैंने आपके आदेश का उल्लंघन किया है।"

बूढ़े पिता ने चकित दृष्टि लड़की के मुंह पर डाली और पूछा—"किस आदेश का आलो? मुझे तो अपना कोई आदेश याद नहीं आ रहा है।"

आलेखा चुप रही। फिर मुंह नीचा किए, आंचल का छोर अंगुली में लपेटने लगी!

पिता ने पूछा—"क्यों, चुप क्यों हो बेटी?"

फिर भी आलेखा कुछ देर तक चुप रही। बाद में अभिमान-भरे स्वर में धीरे से बोली—"आने पर मुझसे बोले जो नहीं! मैं तो शत-शत बार स्वीकार करती हूं कि बाबूजी, मुझसे यह बहुत बड़ा अन्याय हो गया है। स्वप्न में भी नहीं सोचा था कि गांगुली मदोदय मुझे इतना भारी दण्ड दे जाएंगे। आपको भी मैं अपना मुंह नहीं दिखा पाती हूं। बाबूजी, मैं देश छोड़कर कहीं चली जाऊंगी—"

कहते-कहते आलेखा फफककर रो पड़ी। साहब पास चले गए और धीरे-धीरे उसके माथे पर अपना हाथ फेरने लगे किन्तु बोले कुछ नहीं। इसी अवस्था में कुछ समय बीता—जो पांच-छः मिनट से अधिक न रहा होगा। किन्तु इतने थोड़े समय में ही आलेखा को अपने दुर्बलमना वृद्ध पिता का जो परिचय मिला वह अत्यन्त मृदु एवं अवर्णनीय था। बीस साल के अपने जीवन में आलेखा को पिता का ऐसा परिचय कभी नहीं मिला था। उसे दुःख हुआ कि मां को जीवन-भर इस अपूर्व मिठास का कभी कोई आभास प्राप्त नहीं हुआ। यह उनका दुर्भाग्य ही था पिता (ब्राह्म) 'समाज' में कभी नहीं गए; उपासना में भी उन्होंने कभी भाग नहीं लिया। मां इस पर क्षुब्ध थीं—'नास्तिक हैं यह।' अपने पति की यह दुर्बलता स्वजन-परिजन के बीच उनके संकोच का कारण बन गई थी। वैसे आलेखा पिता को कुछ कम प्यार नहीं करती थी, किन्तु मां की ओर से उसे इस व्यक्ति के लिए अश्रद्धा की ही विरासत मिली थी। वह अपने बीमार, सरलहृदय और सहनशील पति को सदा कायर और दुर्बलमना समझकर उपेक्षा करती रहीं। आलेखा की भी कुछ ऐसी ही उपेक्षापूर्ण मनोवृत्ति थी। परन्तु ऐसे ही पिता के प्रति आज वह भक्ति, श्रद्धा और प्यार से विगलित हो उठी है। पिता का ऐसा रूप देखने का सुअवसर उसे कभी नहीं मिला था। यह रूप अनेक उक्तियों और मतों के घटाटोप में उसकी दृष्टि से छिप गया था। आज पश्चात्ताप और आत्मधिक्कार से उसकी अन्तरात्मा भर उठी है। पिता का हाथ अब भी माथे पर फिर रहा है और आलेखा मन में सोच

रही है कि बाबूजी अपने ही समान विवश और दुर्बल समझकर पुराने आश्रित नयन गांगुली को प्यार करते रहे होंगे। इतनी बड़ी दुर्घटना हो गई हैं; उसका पश्चात्ताप उनके हृदय को निश्चय ही दग्ध कर रहा होगा। इसीलिए तो वह आते ही चुपचाप नयन गांगुली की लड़की ओर लड़की के लड़के को जाकर देख आए। मालूम नहीं उनके लिए क्या प्रबन्ध कर आए हैं? और जिसने इतना बड़ा अन्याय कर डाला उससे उन्होंने एक शब्द नहीं कहा; उसके प्रति उनकी दृष्टि में जरा भी परिवर्तन नहीं हुआ। दोनों ओर से हुए आघात को उन्होंने अपने ऊपर ले लिया, किसी से कोई शिकायत नहीं। लड़की के ऊपर जो जिम्मेदारी छोड़ दी थी, उसे उसके गलत काम कर जाने पर भी इसलिए वापस नहीं लिया कि लज्जावश वह प्राण दे देगी। संसार तो इसे भी एक प्रकार की दुर्बलता ही कहेगा, किन्तु आलेखा ने अब स्पष्ट देख लिया है कि पिता के इस आचरण में विश्वास और स्नेह का बल है।

आंचल के छोर से आंसू पोंछते हुए आलेखा ने कहा—"बाबूजी, भले आप सांसारिकता का भार अपने कन्धों पर न लो किन्तु मुझे राह अवश्य दिखाते रहना।"

साहब ने हंसकर कहा —"तुमसे तो कुछ छिपा नहीं है बेटी! सांसारिकता के मार्ग पर मैं सबसे पीछे पड़ गया हूं इसलिए मैं तो पीछे की राह ही बता सकता हूं, किन्तु उसे सब लोग पसन्द नहीं कर सकते।"

आलेखा ने कहा—"मैं तो पसन्द करूंगी।"

"वैसा हो तो ठीक है; मैं बता दूंगा परन्तुं उसकी आवश्यकता नहीं है।"

आलेखा क्षण-भर मौन रहकर बोली—"हमारी चाल तेज थी। किन्तु आज मैं समझ रही हूं कि आप क्यों पीछे रह जाते थे। आप बस यही आशीर्वाद देना कि आगे मैं आपके ही चरण-चिह्नों पर चल सकूं।"

"पगली!" कहकर साहब ने आलेखा के माथे पर फिर हाथ फेर दिया—"भला, बूढ़े आदमी के साथ कदम मिलाकर, तू कैसे चल सकेगी? तुम लोगों के अन्दर इतना धैर्य कहां है?"

"परन्तु बाबूजी, आपको देखकर मेरे मन में बार-बार यह बात उठती

है कि दौड़कर चलना ही प्रगति नहीं है। पहले आपकी धीमी चाल से हम खीझ उठते थे क्योंकि हमारी समझ थी कि आप पिछड़े हुए हो किन्तु आज से आपके चरण-चिह्न ही मेरे पथ-दर्शक हों।"

साहब चुपचाप लड़की की बातें सुन रहे थे किन्तु उनका हाथ अब भी आलेखा के माथे पर फिर रहा था। ऐसा लगता था मानो पिता का स्निग्ध आशीर्वाद पांचों अंगुलियों से कन्या के अंग-प्रत्यंग में फैल रहा है।

जब इसी तरह कुछ समय बीत गया तब आलेखा ने कहा—"बाबूजी, कल आपके बूड़े चाचा आए थे।"

"बूढ़े चाचा!" साहब को कन्या की बात सुनकर आश्चर्य-सा हुआ।

आलेखा ने कहा—"हां, बचपन में आप उनको चाचा कहा करते थे। उनका नाम है —निमाई भट्टाचार्य।"

रे साहब ने विस्मित होकर पूछा—"अभी वह जीवित हैं? ऐसा महान और यथार्थ मनुष्य अब कहां दिखाई पड़ता है? उनका कोई अनादर तो नहीं हुआ?"

"नहीं"—आलेखा ने सिर हिला दिया। कहा—"वह मेरा परिचय पाने और अपना परिचय देने के लिए आए थे। पुराने युग का बंगदेश कैसा समृद्ध था। फल-फूल, धन-धान्य, शोभा-सौन्दर्य क्या नहीं था यहां? मेरे अपराध की सीमा नहीं; मेरे पाप का प्रायश्चित नहीं है, यह भी मानती हूं। मैं नयन गांगुली की बात कह रही हू बाबूजी! मेरी गलती के कारण उन्हें आत्महत्या करनी पड़ी, किन्तु हमारे देश में क्या अब एक व्यक्ति की भी जान बचाने की शक्ति नहीं रह गई? इस स्वर्णभूमि को जिन्होंने इस तरह कंगाल बना डाला है उनके अपराध की क्या कोई सीमा है?"

साहब ने गहरी सांस छोड़कर कहा—"हूं। पुराने दिनों में गांगुली को अन्नाभाववश आत्महत्या न करनी पड़ती। तब नौकरी से अलग कर दिए जाने पर भी वह जीवित रह सकते थे। तब उन्हें दो मुट्ठी अन्न का अभाव न होता—"

आलेखा ने कहा—"निकम्मा बताकर गांगुली की नौकरी मैंने छुड़ा दी। पुराने दिनों में ऐसा होने पर भी वह निराश्रय न होते; मुझे भी बदनाम होने की लज्जा न सहनी पड़ती।" कुछ देर चुप रहने के बाद वह फिर

कहने लगी—"बाबूजी, आप लोग कहा करते हो कि ऐश्वर्य और सभ्यता दोनों ही दृष्टि से संसार आगे जा रहा है, और हम बंगदेश की प्रगति के अग्रदूत हैं—इसीलिए तो निमाई भट्टाचार्य मुझसे मिलने आए थे। किन्तु मुझे तो लगता है कि यह सब एक बड़ा तमाशा है बाबूजी! भला हो गांगुली की पीड़ित उद्भ्रान्त आत्मा का, (जिससे पता लग गया कि) यह सभ्यता तो पूरी राक्षसी है! जो सभ्यता गरीबों के मुंह का कौर छीन ले और जन-साधारण का जीवन अपनी मुट्ठी में करके उन्हें मरने को विवश कर दे उसे राक्षसी नहीं तो और क्या कहा जाएगा? मुझे नहीं चाहिए यह सभ्यता; मैं असभ्य ही रहूंगी। यह फार्स जितनी जल्द बन्द हो जाए उतना ही अच्छा है।"

साहब ने लड़की की ओर मुंह उठाकर देखा। फिर आलेखा के दुःखी हृदय की उत्तेजना कम करने की इच्छा से शान्तिपूर्वक कहा—'और उपाय ही क्या है बेटी? बेचारे गरीब तो सदा ही धनियों की मुट्ठी में रहे हैं; सृष्टि का यही विधान है।"

आलेखा के मन में जो तौफान इस समय उठ रही थी वह रुकी नहीं। वह बोल उठी —"यह विधान चाहे जितना पुराना क्यों न हो, हम इसे किसी भी दृष्टि से अच्छा नहीं कह सकते। धनी और गरीब दुनिया में होते हैं तो हुआ करें किन्तु किसी के जीवन का इस प्रकार किसी की मुट्ठी में आ जाना बहुत बुरा है, बाबूजी! ऐसा विधान मंगलकारी नहीं, अमंगलकारी है। ऐसे विधान से गरीबों का भला तो हो ही नहीं सकता, धनवानों का भी कोई भला नहीं हो सकता। मुट्ठी दबाने से ही जहां प्राण चले जाते हैं वहां आदमी अपने मुंह से तो कुछ कह नहीं सकता। लोग कहते हैं, गांगुली का दिमाग ठीक नहीं था। किन्तु मैं यह कैसे भूल सकती हूं कि मेरे इस एक दर्पण में उस गरीब-दुखिया की पांच वर्षों की जीविका बन्दिनी है। अपने जूते-कपड़े तथा दूसरी चीजों का हिसाब लगाऊं तो वे अपने अन्दर न जाने कितने गांगुलियों की जीवन-यात्रा को दबोचकर रखे हुए है।"

उसकी बातें सुनकर रे साहब सन्न रह गए। भयवश उनके रोएं खड़े हो गए। उन्होंने हंसने की चेष्टा करते हुए कहा—"इस पागलपन की कोई

सीमा भी है! यदि इतनी गहराई से सोचेगी तो दुनिया में रह कैसे पाएगी?"

आलेखा ने उत्तर में कहा—"आपके माथे पर भी यदि वृद्ध के रक्त के छींटे पड़े होते (तब आपकी समझ में आता!)!"

पिता ने कहा—"तुम्हारा यह अपराध तुम्हें जितना भारी बनाकर बताया गया है उतना वह है नहीं।"

आलेखा बोली—"मैं कलंक का यह टीका मिटा नहीं पाऊंगी, बाबूजी!"

"बेटी! तू मिटा क्यों नहीं पाएगी? तेरे किसी काम में मैं बाधा तो देता नहीं।"

रे साहब यह कह ही रहे थे कि बेयरा चांदी की तश्तरी में पीले रंग का एक लिफाफा ले आया। आलेखा ने लिफाफा खोलकर देखा, फिर चिट्ठी पिता की ओर बढ़ाती हुई बोली..."इन्दु और कमलकिरण आ रहे हैं।"

"कब?"

"आज ही शाम की गाड़ी से।" इतना कहकर आलेखा वहां से चली गई।

जब लड़की चली गई तो रे साहब बैठे-बैठे न जाने कितनी बातें सोचने लगे। दुर्घटना के तीव्र आघात से आलेखा के हृदय-प्राण में जो तूफान उठ खड़ा हुआ है, उसका उसके जीवन पर क्या और कैसा प्रभाव पड़ेगा समाज इस घटना को किस रूप में ग्रहण करेगा, यही सब विचार उनके मन में उठने लगे।

जिस समाज में रे साहब का जीवन बीता है उसकी सीमा बहुत छोटी है। अपने इस समाज के प्रति उनका मोह अब टूटता जा रहा है। यह बात उन्होंने चाहे अपने मुंह से न कही हो किन्तु उस (ब्रह्म) समाज के नेताओं को यह बात मालूम है। परन्तु रे साहब ने कभी यह नहीं सोचा कि आलेखा उस समाज की संकुचित सीमाओं के बाहर जाकर सुखी हो पाएगी। वह यही समझते रहे हैं कि वह जिस समाज और जिन संस्कारों के बीच पल-कर इतनी बड़ी हुई है, आगे भी उसीके दायरे में रहकर सुखी होगी;

समाज की इन कड़ियों के बाहर भला कहां जाएगी?

घोष साहब और उनके परिवार के रहन-सहन के प्रति रे साहब के मन में गहरी विरक्ति का भाव था। लड़की पर भले उन लोगों की दृष्टि हो किन्तु रे साहब को यह बात बिल्कुल नापसन्द थी। हां, इस समय कमल इत्यादि के आगमन का समाचार उन्हें अच्छा लगा क्योंकि आलेखा जिस मानसिक अशान्ति की स्थिति से गुजर रही थी, उसकी दुश्चिन्ता इस समाचार से कम हो गई। इन्दुमती आलेखा की बाल-सहेली थी। कमल-किरण भी इस परिवार के लिए कोई अवांछनीय अतिथि नहीं था साहब ने मन-ही-मन अतिथियों की अभ्यर्थना की और उनके प्रति अपनी शुभ-कामना प्रकट की। जो दुर्गटना घट चुकी है, उसे लौटा लेना तो अब असंभव है किन्तु उसके कारण सारे देहात में ग्लानि एवं शोक की आंधी उठ खड़ी हुई थी। उस आंधी का आघात आलेखा को टूक-टूक कर रहा था। साहब ने मन में सोचा—अच्छा ही हुआ; कमल वगैरा के आ जाने से लड़की का दिल बहलेगा और चाहे दो ही दिन के लिए हो, इस शोकाच्छन्न वातावरण से कुछ मुक्ति मिलेगी। वह उन लोगों के स्वागत-सत्कार में लगी रहेगी तो उसकी बेचैनी दूर हो जाएगी।

संध्या होने में अभी कुछ देर है; कमल और इन्दु आलेखा के घर पर आ पहुंचे। साहब ने स्वयं उनका स्वागत किया; आलेखा भी पास खड़ी थी। सभ्य-समाज के नियमानुसार स्वागत-सत्कार में उसने कोई कमी नहीं होने दी, फिर भी कमलकिरण और इन्दु को आलेखा के चेहरे पर न जाने कौन-सा ऐसा भाव दिखाई पड़ा कि वे स्तब्ध रह गए।

बाहर तो किसीको कुछ मालूम नहीं पड़ता था किन्तु अन्दर रात्रि-भोजन का असाधारण आयोजन किया गया था। आज तक मुसलमान बावर्ची का समय सो-साकर किसी तरह कटता था; आज अवसर आने पर वह अपने काम में जुट गया है। यद्यपि यह फूलों की ऋतु नहीं थी फिर भी टेबल पर वे नाना प्रकार के सुन्दर गुलदस्तों में सजाए गए थे। प्रकाश की व्यवस्था आवश्यकता से कुछ अधिक ही थी। वार्निश की हुई दीवारों पर और वृहदाकार दर्पण में पड़कर प्रकाश ने रात को दिन में बदल दिया था। चांदी के चम्मच-कांटे, बहुमूल्य थालों में अमूल्य भोजन, मूल्यवान गिलासों में सुगन्धयुक्त जल—हिमोज्ज्वल मेजपोश पर सब चीजें देखते ही

बनती थीं। ठाठ-बाट, सजावट, साजश्रृंगार, बातचीत, हंसी-खुशी!— ऐसा लगता था कि दुःख-दर्द का भूत इस मकान को छोड़कर अन्यत्र भाग गया है!

डिनर चल रहा है। रे साहब भी आश्चर्यजनक उत्साह प्रदर्शित कर रहे हैं। छुरी-कांटे की गति से यह अनुमान लगाना कठिन है कि उन्हें अजीर्ण की बीमारी है। इसी समय बैरा उनके सामने लाकर एक पर्ची रख देता है। पास चश्मा न होने से पर्ची रे साहब ने इन्दु की ओर बढ़ा दी—"देख तो बेटी, कौन है?"

इन्दु ने पर्ची देखकर कहा—"अमरनाथ।"

साहब ने साश्चर्य कहा—"वह लौट आया? मैं तो सोच ही रहा था।"

फिर वह कमल की ओर घूमकर बोले—"मैं तो उसे अपने घर के लड़के-जैसा ही समझता हूं। झगड़ू, उसे यहीं ले आओ।"

आलेखा ने शंकित होकर पूछा—"यहां? इस कमरे में?" साहब लड़की की ओर देख नहीं रहे थे, बोले—"हर्ज क्या है? कमल, तुमने ऐसा लड़का न देखा होगा। यहां की बात तो छोड़ ही दो, विलायत तक में ऐसे आदमी से तुम्हारी भेंट न हुई होगी। जा रे, बुला ला, अमरनाथ को। खड़ा क्यों हो गया?"

नौकर गया और तुरन्त एक युवक को साथ लेकर वापस आया। युवक के पांव नंगे हैं, चेहरा विवर्ण है, मानो दिन-भर एक बंद पानी से भी भेंट न हुई हो। माथे पर पट्टी बंधी हुई है—खून के काले धब्बे चेहरे की भीषणता बढ़ा रहे हैं। देखकर छुरी-कांटा साहब के हाथ से छूट गया। चीखकर बोले—"यह क्या हुआ अमरनाथ?"

आगन्तुक गुमसुम खड़ा, चारों ओर देखता रहा। खानेवालों को क्षण-भर बाधा का अनुभव अवश्य हुआ किन्तु अमरनाथ को लगा जैसे गरीबों और भूखों की तरह बस्ती में खान-पान का ऐसा विराट् आयोजन मानव-समाज की मूर्तिमती हृदयहीनता ही हो।

6

भय और भावुकता के एकत्र हो जाने के कारण साहब की खाने-पीने की रुचि समाप्त हो गई और वह खाने के बड़े टेबल से उठ गए। एक आरामकुर्सी पर बैठकर उन्होंने पूछा—"यह सब कैसे हुआ अमरनाथ?"

अमरनाथ ने कहा—"आप क्या जानना चाहते हैं?"

साहब बोले—"नाराज न होओ भाई मेरे! मैं सारी बात जानना चाहता हूं। अच्छा, पहले यह बताओ कि तुम्हें घायल किसने किया? पुलिस ने?"

अमरनाथ ने नकारात्मक भाव से सिर हिलाया—"नहीं, गांव के ही आदमी ने मारा है किन्तु ऐसी बात नहीं कि यही ठीक सत्य हो।"

"तब तुम जो ठीक सत्य हो उसे ही बताओ।"

"ठीक तो इतना ही है कि मेरे रक्त की कुछ बूंदें गिरी हैं।"

साहब थोड़ी देर गुमसुम बैठे रहे, फिर बोले—"किन्तु यह सब मेरे ही हाट के भीतर तो हुआ?"

अमरनाथ ने सिर हिलाकर स्वीकार किया—"हां, यह बात तो ठीक है।"

"अभी तक बिना खाए-पिए हो?"

"जी, हां।"

साहब ने खिन्न स्वर में कहा—"तुम्हारा घर भी तो पास नहीं है। यहां भी कुछ प्रबन्ध नहीं हो सकता, फिर हमारे यहां का तो कुछ खाओगे भी नहीं?"

अमरनाथ ने मुस्कराकर उत्तर दिया—"नहीं।"

"फिर तो आज तुम्हारा पूरा उपवास हो गया?"

अमरनाथ ने इसका कुछ उत्तर दिया। स्पष्ट था कि वह दिन-भर का भूखा है। साहब ने गहरी सांस लेते हुए कहा—"तब तुम तुरन्त घर जाओ, देर करने की आवश्यकता नहीं।" यह कहकर वह खुद ही उठ खड़े हुए और बोले—"चलो, तुम्हें कुछ दूर छोड़ आऊं।"

अमरनाथ आगा-पीछा-करने लगा। फिर बोला—"आप और मुझे छोड़ने जाएंगे? आप भी कैसी बात करते हैं? फिर आपका खाना-पीना तो

अभी चल ही रहा है। नहीं, राय महोदय, मैं आपको उठने नहीं दूंगा—जरा भी नहीं।"

राय महोदय ने हठ नहीं किया। कैसी भी बात हो, हठपूर्वक कोई काम करने की आदत उनमें है ही नहीं! अमरनाथ को जाते देख बोले—"तुम जिस काम से आए थे, उसका आभास-भर मुझको मिल सका है। ज्यादा तो कुछ जान सका नहीं, कल एक बार जरूर मिलना।"

सिर हिलाकर अमरनाथ ने यह बात स्वीकार कर ली।

साहब ने कमलकिरण की ओर देखते हुए कहा—"इस अंचल में ऐसा कोई नहीं है जिसमें अमरनाथ पर हाथ उठाने का साहस हो। अमरनाथ के घायक होने पर कौन विश्वास करेगा? कितना जाना पड़ता है, मामला भीतर ही भीतर काफी गहराई तक चला गया है—और मेरे हाट के अन्दर ऐसी दुर्घटना हुई है!"

रे साहब की खाने की इच्छा अब मिट चुकी थी। आलेखा मुंह झुकाए हुए खाने का अभिनय किए जा रही थी। अभी 10-15 मिनट पहले डिनर का जी रंग जमा था, वह बीच में इस अपरिचित व्यक्ति के आ जाने से बिल्कूल फीका पड़ गया। कैसा विचित्र व्यक्ति था यह! बातें संक्षिप्त किन्तु बेलाग और विचारों में कट्टर हिन्दू, सीधी-सादीं रूढ़िप्रियता से पूर्ण। वेश-भूषा की सादगी ने उसे आकर्षक बना दिया था। न जाने कहां से मार-पीट करके आया था! पुलिह से जूझना एक वीरता की ही बात है! रे साहब क्यों इतने उल्लास के साथ उसकी प्रशंसा कर रहे थे, यह सब इन्दु और उसके भाई की समझ में नहीं आ रहा था। अन्त में इन्दु पूछ ही बैठी—"वह कौन थे आलो?"

रे साहब इन्दु की जिज्ञासा के बीच ही बोल पड़े—"पास में एक पाठशाला है उसीके अध्यापक हैं। दूर से आए कुछ छात्र भी इनके यहां रहते हैं। आजकल अध्नापन का काम कुछ शिथिल पड़ गया है। देश में और भी पाठशालाएं हैं; अध्यापन भी और कितने ही हैं किन्तु अमरनाथ की विशेषता पढ़ाना नहीं, देश सेवा है। किन्तु केवल इतनी ही विशेषता अमरनाथ की नहीं है—"

इन्दु बोली—"तो और क्या है उनकी विशेषता?"

साहब ने कहा—"क्या कहूं बेटी! अमरनाथ की विशेषता को मैं ठीक

पकड़ नहीं पाता हूं किन्तु इस लड़के के बारे में इतनी भविष्यवाणी जरूर कर सकता हूं कि यदि सलामत रहा तो एक दिन समस्त देश उसकी विशेषता को मंजूर करेगा।"

भविष्यवाणी के विषय में तर्क करना निरर्थक है, फिर रे साहब गुरुजन हैं इसलिए इन्दु चुप हो गई। किन्तु कमलकिरण से चुप न रहा गया। वह पूछ ही बैठा—"मिस्टर रे, यह वही सज्जन तो नहीं है जो आपकी रिआया में विद्रोह-भावना फैलाने का यत्न कर रहे थे?"

साहब ने सिर हिलाकर कहा—"हां।"

"आपकी हाट में यह गए ही क्यों? वहां इसी लिए तो गए होंगे।"

कमल का प्रश्न सुनकर साहब हंस पड़े। हंसते-हंसते कहा—"विदेशी वस्त्र का बिक्री रोकने।"

कमल ने कहा—"तब यह असहयोग-आन्दोलन के पण्डा थे। तंग आकर दुकानदारों ने अध्यापक महाशय को सबक सिखाया होगा। मिस्टर रे है न यही बात?"

सहमति का इशारा करते हुए रे साहब ने कहा—"संभावना तो इसीकी जान पड़ती है।"

"दुकानदारों ने पहले से सूचना देकर पुलिस बुलवा ली होगी?"

आलेखा अब तक चुप थी; अब संकोचभरे स्वर में बोली—"मैंने ही एक पत्र लिखकर मजिस्ट्रेट से पुलिस की सहायता मांगी थी।"

दृढ़ स्वर में कमल बोला—"ठीक-ठीक; तुमने बहुत अच्छा किया। अब इस आदमी पर नालिश कर देनी चाहिए। यदि मेरी हाट होती तो मैं महाशयजी को हर्गिज न छोड़ता।"

साहब कुछ कहना ही चाहते थे कि उस दिन की हड़ताल का स्मरण हो आया जब लोगों ने सड़क पर मि॰ घोष की कार को रोक लिया था और उसका शीशा फोड़ डाला था। कमल के पिता क्षमा करनेवाले प्राणी नहीं थे। उनमें से अनेक पर मुकदमा चला दिया था। कई हड़तालियों को जेल जाना पड़ा था। थोड़ी देर चुप रहकर रे साहब ने कहा—"ऐसा करने पर लाभ से ज्यादा हानि ही होती कमल! कल या परसों हमारी तरफ से किसी न किसी को हाट पर जाना ही पड़ेगा। यह ऐसा मामला नहीं है जो सरलता से सुलझ जाए। यदि पुलिसवाले न आए होते तो बात शायद इतनी

न बढ़ी होती।"

इन्दु ने बीच में ही पूछा—"मजिस्ट्रेट को सूचना भेजते समय क्या आपसे पूछा नहीं गया था?"

साहब की आंखें आलेखा पर जा लगीं। वह मुंह झुकाए हुए बैठी थी। वृद्ध पिता ने कहा—"मुझसे पूछने की जरूरत ही क्या थी? इन्दु, शायद तुम लोगों को अभी तक यह पता नहीं है कि दुनियादारी का सब बोझ मैंने अपने ऊपर से हटा लिया है। मैं रिटायर्ड गृहस्थ हूं। यह सब कुछ आलो का है। सात प्रबन्ध उसे ही करना होगा। अगर गलती हो तो उसे ठीक करने की जिम्मेदारी भी उसीकी है।"

कमल चौंक पड़ा और रे साहब की तरफ देखकर बोला—"जब तक आप जीवित हैं, ऐसा कैसे हो सकता है?"

साहब हंसते हुए बोले —"तो समझ लो कि मैं जीवित नहीं हूं।"

कमल ने कहा—"ऐसा समझना कठिन है; फिर आलेखा जैसी नादान लड़की के लिए तो यह बोझ संभालना कठिन होगा।"

इन्दु भी बोल उठी—"कदम-कदम पर गलतियां होंगी।"

साहब ने कहा—"गलतियों का दण्ड होता है। अपराध होने पर दण्ड भी स्वीकार करना होगा।"

इन्दु बोली—"फिर पास-पड़ोस शत्रुओं से पूर्ण हैं।"

साहब बोले—"पास-पड़ोस में केवल शत्रु ही नहीं रहते, मित्र भी होते हैं इन्दु! वे ही लोग कठिनाइयों से उबरने के उपाय भी बता दिया करेंगे। जिसके ऐसे मित्र न हों विपत्तियों से उसे कभी मुक्ति नहीं मिल सकती। बाप की शक्ति कहां जो अकेले उसकी रक्षा कर सके।"

इन्दु ने साहब की बात मान ली। कमल ने इन शब्दों के भीतर अपने लिए छिपा हुआ संकेत—विवाह का—देखा, इसलिए चुप हो गया।

दूसरे ही दिन प्रातःकाल अमरनाथ का आगमन हुआ। उस समय तक सबका सुबह का नाश्ता समाप्त हो चुका था और बैठक में मजलिस जुटी हुई थी। अमरनाथ भी वहीं आकर बैठ गए।

रे साहब ने अमरनाथ से पहले यही सवाल किया—"कल किसने तुमपर हमला किया था?"

अमरनाथ ने उलटकर पूछा—"यह जानकर आप क्या करेंगे?"

साहब ने कहा—"यह ऐसी बात नहीं है कि चुपचाप बैठ जाया जाए। कुछ न कुछ प्रतिकार तो होना ही चाहिए।"

अमरनाथ बोले—"किन्तु रे साहब, आप तो सब जिम्मेदारियों से अलग हो चुके हैं!"

साहब बोले—"वह तो ठीक है किन्तु जो जिम्मेदार है उसे तो कुछ करना ही चाहिए न?"

आलेखा ने पिता के संकेत को समझा। नयन गांगुली की आत्महत्या के बाद से वह लोगों से छिपी-छिपी फिरती थी—शायद ही किसी को अपना मुंह दिखाती हो। कोई उसे देख भी लेता तो वह कुछ बोलती नहीं थी। वह सोचा करती थी कि लोग उसे ही दुर्घटना के लिए उत्तरदायी मानते हैं। वह अपनी कल्पना के कानों से सुना करती थी कि लोग उसके विषय में कैसी कटु-तीक्ष्ण बातें करते फिरते हैं। जो लज्जा उसकी नस-नस में समाई हुई थी उसका अनुभव किसी दूसरे को कैसे हो सकता था?

पिता के प्रश्न में जो इशारा था, उसे पकड़कर आलेखा ने अमरनाथ से पूछा—मैं ही आप से अनुरोध कर रही हूं, बता दीजिए, वह कौन था?"

कई दिनों के बाद आज आलेखा ने पहली बार सिर उठाकर किसीकी ओर देखा था। वही शान्तिपूर्ण किन्तु उदास चेहरा। अमरनाथ की पैनी दृष्टि कुछ देर उसे देखती रही, फिर उन्होंने धीरे-धीरे कहा—"देखिए, वे लोग आपकी प्रजा हैं। केवल उत्सुकता के कारण यदि आप उनका परिचय जानना चाहती हैं तो ज्यादा अच्छा यही होगा कि आप अपनी उत्सुकता का संवरण करें।"

"वे लोग मेरी प्रजा हैं, इसीलिए तो पूछती हूं, नहीं तो भला पूछती ही क्यों? जमींदार का भी कुछ कर्त्तव्य हुआ करता है। आपके प्रति जो अन्याय हो गया है, मैं उसका प्रतिकार करना चाहती हूं।"

अमरनाथ ने कहा—"मतलब आप उन्हें दण्ड देना चाहती हैं, किन्तु यह तो कोई प्रतिकार हुआ नहीं।"

आलेखा ने कहा—"तो फिर क्या? अन्याय का प्रतिकार ही तो दण्ड है?"

अमरनाथ ने मुस्कराते हुए कहा—"मैं आपसे बहस नहीं करूंगा। मैं भली भांति जानता हूं कि जमींदार प्रजा के अन्याय का प्रतिकार किस

प्रकार करता है। अन्याय और अज्ञान, दोनों दो वस्तुएं हैं, एक नहीं। शासन या दण्ड से इसका प्रतिकार सर्वथा असंभव है।"

कुछ देर चुप रहने के बाद अमरनाथ ने कहा—"मैं मानता हूं कि उन्होंने मुझपर हमला किया, मारा-पीटा है किन्तु इसका बदला लेने के लिए मैं उन्हें आपसे या सरकार द्वारा सजा दिलवाऊं, यह मेरी समझ में सर्वथा निरर्थक है। जहां तक पिटने की बात है, मैं उसे महत्त्व नहीं देता; महत्त्व देता होता तो वहाँ जाता ही क्यों? जिन्होंने मुझपर आघात किया है उनके विरुद्ध आप कोई कार्रवाई न करें, तो इसे ही मैं आपकी बहुत बड़ी सहानुभूति के रूप में ग्रहण करूंगा।"

इतना कहकर वह जाने को उठ खड़े हुए।

7

रे साहब ने कमलकिरन से पूछा—"इसपर तुम्हारी क्या राय है?"

कमल ने पलकें उठाकर देखा; उसकी दृष्टि इन्दु और आलेखा को स्पर्श करती हुई साहब के मुखमण्डल पर जाकर अटक गई।

अमरनाथ जाने को तैयार होते हुए भी अभी तक खड़े थे। जो कुछ वह पहले कह चुके थे उसके उपसंहार रूप में बोले—"जायदाद आप लोगों की है; स्टेट आप लोगों की है। इसकी भलाई-बुराई का निर्णय भी आप ही लोग करें किन्तु चाहे जो तय करें, मुझे निमित्त बनाकर कोई काम न कीजिएगा; हाथ जोड़कर आप लोगों से इतनी ही प्रार्थना करता हूं।"

साहब उलझन में पड़ गए। हड़बड़ाकर बोले—"नहीं, नहीं भाई, ऐसा भी कहीं हुआ है? और जब तुम्हारी अनिच्छा है—"

बारी-बारी से दोनों लड़कियों पर नजर डालकर साहब ने कहा—"तुम्हारी क्या राय है इन्दु? तुम्हारी क्या राय है आलो?"

भले साहब ने सम्बोधित कमल, इन्दु और आलेखा को किया हो किन्तु सच पूछें तो यह सवाल वह अपनी ही आत्मा से कर रहे थे। इन्दु की गर्दन हिलकर रह गई और कमल भी मानो सहमति व्यक्त करने वाला था। और आलेखा? उस बेचारी का सिर तो वृद्ध गांगुली की आत्महत्या

के भार से पहले ही झुका हुआ था, भला वह इस सवाल पर क्या राय देती! उसे तो मुंह दिखाने में भी संकोच हो रहा था, किन्तु न जाने कैसे वह सहसा बोल पड़ी और उत्तर उसीके मुंह से निकल आया पहले-पहल जिस दिन अमरनाथ से उसकी भेंट हुई थी उस दिन वह उनके बारे में कोई अच्छी धारणा नहीं बना सकी थी। उसके बाद जब-जब भेंट हुई है वह धारणा बिगड़ती ही गई है; उसके प्रति असद्भाव कम होने की जगह बढ़ता ही गया है। गांगुली जिस दिन मरा था उस दिन भी रात को अमरनाथ आलेखा के पास आए थे; उनसे उसे पर्याप्त सहानुभूति प्राप्त हुई थी। किन्तु उसपर इस सहानुभूति का उल्टा ही असर हुआ था। उससे ग्लानि और लज्जा को अप्रत्यक्ष पोषण मिला। वह अमरनाथ के सामने अपने को अपराधी और तुच्छ अनुभव करने लगी। आज इतने बन्धु-बान्धवों के बीच वह अपने खोए व्यक्तित्व को मानो फिर से पा गई। स्वाभाविक ढंग पर सिर ऊंचा करके वह सहज-शान्त स्वर में बोली—"हंगामा तो आपने मचाया और मुसीबत उठावें केवल हम लोग? आप कैसी बातें करते हैं?"

कमल जैसे उछलकर बोला—"एक्जैक्टली! मैं भी यही कहने जा रहा था।"

बढ़े हुए चरणों को रोककर अमरनाथ ठिठक रहे। किन्तु आलेखा रुकी नहीं, कहती ही गई—"कहां आपका मकान और कहां हमारी हाट! आप वहां क्या करने गए थे? जान-बूझकर झगड़ा-फसाद करा दिया! ईश्वर ही जाने, इससे देश का भला होगा या बुरा। मान लो, भला ही होगा किन्तु जायदाद तो मेरी ठहरी। उसकी भलाई-बुराई में मेरा भी तो कुछ हिस्सा है! कहने आए हैं कि आपको किसी कार्रवाई में निमित्त न बनाऊं। परन्तु हमारी राय का मूल्य ही क्या है आप लोगों के निकट? अमरनाथ बाबू, आपका यह अनुरोध सर्वथा अनुचित है।"

अप्रत्याशित रूप में आलेखा के मुंह से निकलती हुई इन बातों को सुनकर न केवल अमरनाथ बल्कि वहां बैठे हुए सब लोग अवाक् रह गए। सबसे ज्यादा आश्चर्य हुआ रे साहब को।

विस्मय से अभिभूत अमरनाथ आलेखा का मुंह टकटकी लगाए देखता रहा। उसे कोई जवाब ही नहीं सूझ रहा था।

साहब कुछ कहना चाहते थे किन्तु जो कहना चाहते थे उसे भूलकर

कुछ दूसरी बात कह गए —"नहीं, नहीं, ऐसी बात नहीं है। तुमको क्या पता—अमरनाथ तो—"

आलेखा बोल उठी—"कहो, कहो बाबूजी! चुप क्यों हो गए?"

इन्दु और कमलकिरण साहब से आँखें बचाकर मुस्करा पड़े।

उधर अमरनाथ के स्वाभिमान को आघात लगा; उसने कहा—"ठीक तो है, मेरा अनुरोध मानने की जरूरत ही आपको क्या है?"

आलेखा बोली—"मैंने यह तो कभी कहा नहीं कि आपका अनुरोध नहीं मानूंगी। हां, हमारी प्रजा आपपर उचित या अनुचित रूप से नाराज हो जाए, इस प्रकार का कोई अनुरोध आपका नहीं मानूंगी, और मैंने यही कहा है।"

अमरनाथ ने कहा—"मैं यहां इस विचार को लेकर नहीं आया था कि आपसे किसी प्रकार का अनुरोध करूंगा; मैं केवल इतना बताने आया था कि जिन लोगों ने मुझे मारा-पीटा है, उन्हें दण्ड देना या कुछ कहना व्यर्थ होगा।"

आलेखा बोली—"पर यह सोचना गलत है कि तीसरे आदमी के लिए जो बात व्यर्थ होगी वह जमींदार और प्रजा के लिए भी व्यर्थ होगी। व्यर्थता-अव्यर्थता का निर्णय आप हमपर ही छोड़ दें।"

कमलकिरण ने भी सिर हिलाते हुए अपनी सहमति प्रकट की—"ठीक तो है। यह रिसपांसिबिलिटी (जिम्मेदारी) हमारी है और हम स्वयं ही यह भार बहन करेंगे। हमारे बीच थर्ड पर्सन (तीसरा आदमी) को आने की जरूरत नहीं है। मिस्टर रे, आप चुप क्यों हैं?"

साहब ने एक-एक करके सभी के मुंह की ओर देखा। अभी कुछ ही देर की बात है कि आलेखा बंगदेश की दरिद्र जनता के दु.ख से द्रवी-भूत होकर न जाने क्या-क्या कह रही थी। वह यह बात भी भली-भाँति जानती है कि अमरनाथ अपने लिए नहीं, उन्हीं लोगों के लिए इतना कर रहे हैं। अमरनाथ, एक तुम हो कि पिटकर, मार खाकर भी बदला लेना नहीं चाहते और हमारी भलाई के लिए ही तुमने यह सब सहन किया है! तुम्हारी इस सहन-शक्ति से भला वह क्यों असहिष्णु हो उठी है? रे साहब को आलेखा के उत्ताप का कोई कारण समझ में नहीं आ रहा था। तब इधर-उधर देखते हुए उन्होंने कहा—"यह तो बड़ी मामूली बहस है कमल! और

आलो, इसमें गर्म होने की क्या बात है? क्या करना उचित है, क्या करना गलत होगा, इसपर ठण्डे दिमाग से विचार कर लेना। अमरनाथ, यह काम कल भी तो हो सकता है?"

अमरनाथ बोले—"राय साहब, दो के बीच तीसरे का हस्तक्षेप भला कौन पसन्द करेगा? पर जमींदार और प्रजा, यदि इस प्रकार दुनिया में दो ही पक्ष होते तो फिर कठिनाई ही क्या थी? किन्तु यहां तो समस्त कठिनाइयों-मुसीबतों की जड़ यह तीसरा पक्ष भी उपस्थित है और किसी की इच्छा हो, चाहे अनिच्छा, यह रहेगा। इसे मिटाया नहीं जा सकता। यह सामान्य-सी बात यदि इन बाबुओं के मस्तिष्क में समा पाती···"कहते हुए अमरनाथ ने एक सुखी असफल हंसी हंसने की चेष्टा की।

यह तो नहीं कहा जा सकता कि आलेखा आदि को ये बातें समझ में न आई हों। अमरनाथ की बात में जो एक चुभन थी उसने अपना करिश्मा दिखा दिया। आलेखा ने कठोर होकर कहा—'अंग्रेजी भाषा में एक शब्द है 'बिजी बाडी' अर्थात् सदा किसी न किसी बात को लेकर व्यस्त रहनेवाला प्राणी। दुर्भाग्यवश संसार में ऐसे प्राणियों का बाहुल्य है। ऐसे ही प्राणियों की कृपा से बाबूजी को दौड़कर अपनी जमींदारी पर आना पड़ा और अमरनाथ बाबू, मुझे भी अनिमन्त्रित व्यक्ति की बातों में हस्तक्षेप का अनुभव हो रहा है किन्तु जब दूसरी ओर भी संकोच हो तव तो। अन्यथा मुझे तो अपना कर्तव्य करना ही होगा।"

आलेखा की बातों से साहब क्षुब्ध हो गए। यहां तक कि यह क्षोभ उनके मन को मथने लगा। फिर भी मन पर काबू रखकर बोले—"कार्यों की अपेक्षा बातें तुम लोगों की अधिक तीखी होती हैं बेटी! अमरनाथ हमारे घर आए हुए हैं ···"

लड़की ने कहा—"नि:संदेह, अमरनाथ बाबू संभ्रांत व्यक्ति हैं किन्तु मुझे जो कुछ कहना होगा वह यहां अपने ही घर में तो कहूंगी, नहीं तो और कहां जाकर कहूंगी बाबूजी? अमरनाथ बाबू क्षमा कर देंगे। यदि अपराध ही हो रहा हो तो उसे पूरा हो जाने दीजिए। शिक्षा-दीक्षा, रीति-नीति, संस्कार-प्रकार, विधि-विधान की दृष्टि से अमरनाथ बाबू और हम लोगों में बड़ा भारी अन्तर है। पर यदि वह इस बात को लेकर हमारी प्रजा को विद्रोही बना दें तो उनका यह भारी अन्याय है।"

अमरनाथ ने उत्तर दिया—"सबकी काम करने की अपनी धारणा हुआ करती है। मेरी भी है और आपकी भी होगी किन्तु मेरे पास न तो समय है न कल्पनाशक्ति कि आपकी धारणा की झलक पा सकूं; भले आप जो समझें।"

"तब अपनी सुरक्षा के लिए यदि हम अनिवार्य समझकर कुछ करें तो उसे आप क्या समझेंगे?"

रे साहब ने दोनों हाथ ऊपर उठाकर क्षुब्ध स्वर में कहा—"नहीं अमरनाथ, तुम किसी भी अवस्था में इसका जवाब नहीं दोगे।" यह कहकर वह उठ खड़े हुए और अमरनाथ के पीछे-पीछे कमरे से बाहर निकल गए। सीढ़ी के पास दोनों खड़े हो गए। साहब ने अमरनाथ का हाथ पकड़कर कहा—"अमरनाथ, आज तो मेरे विस्मय की सीमा नहीं रह गई?"

यद्यपि बात उसकी समझ में ठीक-ठीक नहीं आई किन्तु अमरनाथ ने पूछा—"क्यों?"

रे साहब ने कहा —"विस्मय ही नहीं, आज मेरे दुःख की भी कोई सीमा नहीं है।"

बरामदे के एक छोर पर लालटेन टंगी थी। उस धुंधले प्रकाश में अमरनाथ ने वृद्ध स्वामी का मुंह देखा जिसपर वेदना की सहज छाया थी। उसने कहा—"इसमें दुःख की क्या बात है रायसाहब? उनकी और हमारी मनोवृत्तियों का यह अन्तर स्वाभाविक है। मेरे लिए चुप ही रह जाना अच्छा होता किन्तु आपकी जमींदारी की मालकिन इस समय वही हैं, इसलिए मुझे उनको उत्तर देना पड़ा। आपके सामने ऐसा करना मेरी धृष्टता थी। आप उसे क्षमा कर दें तो फिर मेरे मन में जरा भी क्षोभ नहीं रह जाएगा।"

रे साहब बोले—"तुम क्षमा की कह रहे हो अमरनाथ? मैं तुम्हें जो कुछ समझ सका हूं, उसमें मुझे जरा भी अपराध तुम्हारी ओर से दिखाई नहीं पड़ता। बल्कि अपराध का भारी और झुका पलड़ा तो दूसरी ओर दिखाई पड़ रहा है। किन्तु यह तो तुम्हारी बात का उत्तर नहीं हुआ।"

अमरनाथ कुछ समझ नहीं पाया। उसे देर भी हो रही थी; न इतना समय था, न बात करने की रुचि थी। चलते समय उसने नमस्कार करके

कहा—"अब मेरा काम और कठिन हो गया किन्तु दूसरा उपाय ही क्या है? जिस व्रत को मैंने पहले से ही ले रखा है, उसका निर्वाह तो जीवन-भर मुझे करना ही होगा।"

इतना कहकर अमरनाथ चले गए।

साहब के लौट आने पर आलेखा ने कहा—"बाबूजी, जब तक आप जीवित हैं, मैं नहीं, वास्तविक स्वामी आप ही हैं। और भविष्य की बात कौन जान सकता है। इस भार को मैं तभी संभाल सकूंगी जब अपनी बुद्धि के अनुसार काम करने की आजादी मुझे मिले। कभी इधर, कभी उधर, कभी यह, कभी वह, यह ढंग कायम रहा तो मैं कुछ भी न कर पाऊंगी। तब तो यही अच्छा है कि जैसे अब तक चलता रहा है उसी तरह आगे भी चलता रहे।"

पिता चुपचाप बैठे रहे; कुछ जवाब नहीं दिया। किसी और को तो इस मौन का मतलब समझ में नहीं आया किन्तु आलेखा जरूर समझ गई। इसलिए वह अपने को रोक न सकी, बोली—"बाबूजी, आपकी बातें और आपके काम दोनों ही ऐसे होते हैं कि उनकी आड़ में बहुत-से लोगों को शरण मिल जाती है। भले आप इसे न समझो किन्तु मेरी तो नस-नस इस बात को जानती है।"

साहब ने लड़की के अभियोग का प्रतिवाद नहीं किया और पहले की तरह चुप्पी साधे बैठे रहे। मेहमान भी मौन थे क्योंकि बाप-बेटी के बीच की निजी बातचीत में बोलकर आतिथ्य की सामान्य शिष्टता का उल्लंघन करना उनकी समझ से ठीक न था, किन्तु उनके चेहरों पर अपनी बात के अनुमोदन की छाया देखकर आलेखा बहुत अधिक उत्तेजित हो उठी और वृद्ध पिता पर आंखें गड़ाकर बोली—"इस देश में यह कैसी हवा चल पड़ी है बाबूजी, कि कुछ कुलपुत्र अपना-अपना काम-धाम छोड़कर निस्वार्थ परोपकार के कार्य में लग गए हैं और बुद्ध तथा ईसा का अभिनय करने लगे हैं—एक गाल पर थप्पड़ खाकर दूसरा आगे करने को तत्पर! गाल उनका अपना है, उनकी सहनशीलता की बलिहारी, आगे कर भी दें तो हमारा क्या आता-जाता है इसमें। किन्तु क्या इसी आधार को लेकर वे

दूसरों की जमीन-जायदाद से खिलवाड़ करेंगे? इन परोंपकारी जीवों के दिमाग में इस तरह का विश्वास न जाने कहां से आकर समा गया है कि जिनके पास है उनको हानि पहुंचाने से ही गरीबों का लाभ हो जाएगा।"

अब कमलकिरण अपने को किसी तरह रोक नहीं सका। कह उठा—"उस दिन भी तो ऐसी ही घटना हुई थी। हमारे पिता की कार का विण्ड-स्क्रीन उपद्रवियों ने चूर-चूर कर दिया था!"

"हां, किन्तु इन उपद्रवों का प्रतिकार भी तो करना चाहिए।"

कमलकिरण ने कहा—"पिताजी की भी यही राय है।"

अनुमोदक मिलने के कारण आलेखा का स्वर और तेज हो गया—"पर मेरे बाबूजी तो इसके ठीक विपरीत सोचते हैं। क्या कहूं, बड़ी मुसीबत है। बाबूजी, आप अनजाना तो ही नहीं; सभी बातें जानते हो। अब तक आप जमींदारी के प्रति बेखबर रहे। सारा सिस्टम ही चौपट हो गया है। गड़बड़ी की क्या कोई सीमा है? पुरानी गड़बड़ियों की सफाई करने की प्रक्रिया में कोई आत्महत्या कर ले तो भला इसमें मेरा क्या अपराध है? फिर भी लोग अपराध का सारा बोझ मेरी गर्दन पर डालकर हंसते फिरते हैं। ना बाबा, यह सब मैं सहन न कर सकूंगी—अपना मुंह तक मैं किसीको दिखा नहीं पा रही हूं। बस, बहुत हो गया। मुझपर उत्तरदायित्व डालना चाहते हो, तो सब कुछ पूरी तरह मेरे हाथ में दे दो। नहीं तो हटाओ इस झगड़े को; जहां से आए हैं वहीं लौट चलें।"

साहब भली प्रकार समझ रहे थे कि यह अभियोग और क्रोध किसके प्रति है। उन्होंने विस्मयपूर्ण आलेखा की ओर देखा और कहा—"किन्तु बेटी, अमरनाथ तो इस प्रकार का व्यक्ति नहीं है। मैंने उसकी बातों से जितना समझा···"

साहब की बात बीच में ही काटकर कमलकिरण बोला—"बल्कि इलाके-भर में वही एक आदमी है—ठेठ देहात के इन निरक्षर गंवारों के बीच—तेरा क्या विचार है इन्दु? बात यही है न?" इतना कहकर अपनी बात अधूरी ही छोड़ दी।

परन्तु जवाब-सवाल का प्रवाह यहां आकर रुक गया। कमल की बात एवं संकेत का सन्तुलन कायम रखने के लिए आलेखा को जो कुछ कहना चाहिए था, वह उसके मुंह से नहीं निकला। श्रोताओं की उम्मीद पूरी नहीं

हुई। अमरनाथ को देहाती गंवार कहकर भले गालियां दे लो किन्तु उसे अशिक्षित किसी तरह से नहीं कहा जा सकता। वह काफी शिक्षित व्यक्ति है। ऐसी बात भी नहीं कि शिक्षण का ट्रेडमार्क उसपर न लगा हो। जिस उपाधि का सिक्का सभ्य समाज के बीच चलता है वह भी है उसके पास। आलेखा को यह सब मालूम है। इसके सिवा यह बात भी है कि गांगुली की आत्महत्या से क्रुद्ध होकर गांव के और लोगों ने चाहे जो किया हो किन्तु अमरनाथ ने कुछ नहीं किया। अमरनाथ ने स्वयं यह बात कही थी और दूसरे लोगों से भी दरियाफ्त करने पर यही मालूम हुआ था। अमरनाथ ने गांगुली और उसके परिवार के लिए भी बहुत-कुछ किया है। लोगों में आलेखा के विरुद्ध फैलनेवाले जहर को रोकने में भी अमरनाथ ने कुछ कम यत्न नहीं किया था। यह सब सत्य होने और आलेखा को स्वयं ही इन बातों का प्रमाण मिल जाने के बाद भी यहां गंगा उल्टी बह रही थी और अमरनाथ को दुष्ट तथा अपराधी सिद्ध करने की होड़-सी इन लोगों में चल पड़ी थी। आलेखा का क्रोध भड़का हुआ था इसलिए अमरनाथ की अनुपस्थिति में उसके सिर सम्पूर्ण अपराध थोपने की इस चेष्टा का उसने जरा भी प्रतिवाद नहीं किया।

साहब का हृदय क्षोभ और दुःख से भर गया था किन्तु उनके मुंह से कोई बड़ी बात तो निकल सकती नहीं थी; वह सिर पर हाथ फेरते-फेरते बोले—"वही तो, अमरनाथ का यह काम ठीक नहीं हुआ। उसका स्वभाव ऐसा नहीं; सामान्यतः वह अच्छा है।"

कमल ने कहा—"साधारणतः तो सभी लोग अच्छे होते हैं; किसीकी कार का कांच कोई क्यों फोड़ने जाएगा?"

साहब ने कहा—"हूं।"

कमल आगे कहता गया—"हमें आलेखा की बात पर ध्यान देना चाहिए। इन लोगों की इस परोपकार-वृत्ति अर्थात् दूसरों को हानि पहुंचाने के काम का प्रतिकार हमें करना ही पड़ेगा।"

साहब ने कहा—"जरूरत होगी, तो वैसा किया ही जाएगा।"

कमलकिरण ने कहा—"माफ कीजिए मि॰ रे, आप तो एक दूसरे ही प्रकार के जमींदार जान पड़ते हैं। मेरा भी सम्पर्क कई बड़ी जमींदारियों से रहा है और मैंने सब जगह देखा कि जमींदार और प्रजा के बीच विरोध

पैदा करा देना ही कुछ देशभक्तों का पेशा हो गया है। जान पड़ता है बोल्शेविक प्रोपेगण्डा (बोल्शेवी प्रचार) और उस ओर से मिलनेवाली रकम ही इन बातों की तह में है। मिस्टर रे, मैं सच कहता हूं, सरकार इस विषय में ऐसे कितने ही तथ्यों का संग्रह कर चुकी है जो हमारी-आपकी कल्पना में भी नहीं आ सकते। ऐसे समय बड़ी सावधानी की आवश्यकता है। अचेत रहने पर जायदाद तक हाथ से चली जा सकती है।" कहते-कहते उसका मुंह दुश्चिन्ता से विवर्ण हो गया और वह इन्दु तथा आलेखा की ओर ताकता रह गया। परन्तु जमींदारी के वास्तविक अधिपति पर चिन्ता की छाया भी नहीं उभरी। वह उसी शान्त भाव से बोले—"हिन्दुस्तान के दूसरे प्रान्तों का हाल तो मुझे नहीं मालूम किन्तु अपने बंगाल की स्थिति भिन्न है। यहां राजा और प्रजा का परस्पर-सम्बन्ध कुछ दूसरी तरह का है कमल; तुम लोग चाहे कुछ कहो किन्तु डरने और घबराने की क्या जरूरत है?"

कमल ने प्रतिवाद किया—"इस प्रकार की सतजुगी अवस्था पचीस साल पहले रही होगी किन्तु अब तो स्थिति बदली नहीं है।"

साहब ने कहा—"यह मैं कहां कहता हूं कि स्थिति बदली नहीं है।"

कमल बोला—"तो फिर इसी बदली हुई स्थिति का तो भय है।"

साहब ने मुस्कराते हुए उत्तर दिया—"रिआया की मनःस्थिति में बहुत परिवर्तन हो गया है—अब इसका कारण चाहे शिक्षा हो, युग-धर्म हो या जमींदारी का अत्याचार हो; रिआया अब जमींदारी प्रथा का नाश देखना चाहती है। दो रोज आगे या पीछे, जमींदारी को मिटना तो है ही। जमींदारों को विदा होना ही होगा। तुम किसी तरह उन्हें बच नहीं पाओगे। रही हमारी इस जमींदारी की बात। सो अपनी रैयत को हम सचमुच प्यार करते हैं। मैंने कभी उनपर अत्याचार नहीं किया है और जहां तक हो सका कर्मचारियों को भी किसी पर अत्याचार नहीं करने दिया है। जाकर जिससे चाहो, पूछ देखो। यदि आलो भविष्य में मेरी इस परंपरा का पालन करेगी तो उसे घबराने की कोई आवश्यकता न होगी। ओह, बड़ी रात हो गई!"

बहुत समय तक आलेखा चुप रही किन्तु जब पिता उठने लगे तो उसने कहा—"बाबूजी, आपने मेरे लिए यह बात कही है?"

साहब ने कहा —"बेटी, तुम्हारा नाम लेकर ही तो कहा है।"

"बाबूजी, आपको याद है कि जिसपर हमारा अधिकार था, ऐसी रकम कितनी ही बार आपने रैयत को माफ कर दी?"

"याद है क्यों नहीं बेटी?"

"मुझसे भी आप वही अन्याय कराना चाहते हो?"

रे साहब मुस्करा दिए। फिर स्नेहसिक्त स्वर में बोले—"बेटी, जिस रकम को तुम अपनी या अपना प्राप्य समझती हो उसका सर्वथा न्यायोचित होना जरूरी नहीं है। यह नहीं कहा जा सकता कि लगान तुम्हारा प्राप्य है, इसीसे वह न्यायोचित भी प्रमाणित हो गया। मैंने प्रजा का लगान तभी माफ किया है जब मुझे उसका लेना किसी कारण से अनुचित प्रतीत हुआ है।"

कमलकिरण को बात समझ में नहीं आई, किन्तु आलेखा समझ गई। वह छुटपन से ही पिता को प्यार करती आई है। मां उनका जितना ही तिरस्कर करतीं, पिता के प्रति श्रद्धा प्रकट करने के उतने ही उपाय वह करती रहती। घर और बाहर के तिरस्कार से अपने को बचाने में प्रयत्नशील होकर भी असफलता पिता का व्यक्तित्व वह अच्छी तरह पहचानती है। उनकी किसी बात का मतलब समझने में आलेखा को कठिनाई नहीं होती। आज भी पिता की बात का मतलब समझकर उसने कहा—"बाबूजी, क्या आपका यही आदेश है? इसी तरह चलने की आज्ञा मुझे दे रहे हो?"

साहब ने निषेध की मुद्रा में तेजी के साथ सिर हिलाते हुए कहा—"नहीं बिटिया, यह मेरा आदेश नहीं है, यह तुम्हारे पिता का आदेश नहीं है। इस संसार में सब एक ही तरह से नहीं चल सकते—शक्ति और प्रवृत्ति दोनों का अभाव रहता है। हां, तुम यदि इस मार्ग पर चल सको, तो मुझे प्रसन्नता होगी; बस इतना ही कह सकता हूं।"

आलेखा ने कहा—"बाबूजी, मेरे मन में तो आता है कि सब कुछ जाकर देखूं। मार-पीट जहां हुई है वहां भी जाऊं।

साहब बोले "ठीक तो है। कल मैनेजर बाबू से व्यवस्था कर देने के लिए कहूंगा। अभी नदी में पानी है; नाव हाट तक चली जाएगी।

इन्दु अभी तक चुप बैठी थी; जल-यात्रा की बात सुनकर उसकी बांछे खिल गईं। आह्लाद-भरे स्वर में बोली—"मैं भी तुम्हारे साथ चलूंगी आलो!" फिर कमल की ओर घूमकर कहा—"आवश्यक काम न हो तो

दो-चार दिन रुक जाओ दादा!"

"क्यों, कोई कारण?"

इन्दु बोली—"हमारे साथ तुम भी चलते। छोटी नदी में नाव पर फिरने का अनुभव तुम्हें नहीं है दादा! चलोगे हमारे साथ?"

कमलकिरण ने आलेखा के मन का भाव जानने के लिए उसकी ओर देखा किन्तु वह उस समय कहीं दूसरी ओर देख रही थी, इसलिए उसे उसका मुंह दिखाई न दिया। अपनी बहन के निवेदन का संकेत बहुत स्पष्ट था। कमल का दिल धड़कने लगा। किन्तु अपनी उत्सुकता की छाया उसने अपने चेहरे पर नहीं पड़ने दी और निःस्पृह स्वर में कहा —"नहीं, लौटने में विलम्ब हो जाएगा—अच्छा, न होगा तो चलेंगे।"

साहब ने सिर हिलाकर कहा—"अवश्य जाना भाई, किन्तु कहीं झगड़ा न कर बैठना! अमरनाथ भी तो वहां उपस्थित होंगे। इन्दु, अब मुझे छुट्टी दो, गुडनाइट!"

चिन्तित मुख पर धीमी चाल से रे साहब वहां से बाहर आए और शयन-कक्ष की ओर बढ़ गए।

8

रायवंश की जमींदारी कोई बड़ी जमींदारी तो नहीं थी, किन्तु आय की दृष्टि से उसे नितान्त साधारण भी नहीं कहा जा सकता। मालिक सदा परदेस में ही रहे; इसलिए काम-काज, वसूल-तहसील सब नौकरों के ही हाथ में रहता था। अब तक जमींदारी अच्छी तरह चलती आई थी; नौकरों के हाथ सब काम होने पर भी ढांचा बिगड़ा नहीं था। इसका कारण चाहे प्रजा की धर्मभीरुता रही हो, चाहे उदासीन स्वभाववाले रे साहब की किस्मत रही हो। आय ज्यादा न होने पर भी चोरी-रिश्वत वगैरा बन्द थी। जब से आलेखा ने प्रबन्ध अपने हाथ में लिया था, एक विचित्र परिवर्तन दिखाई पड़ रहा था। नौकर अपने नए स्वामी की सख्ती

के कारण तिलमिला उठे थे। बूढ़े नयन गांगुली की आत्महत्या के बाद ऐसा जान पड़ता था कि सख्ती में कुछ कमी हो जाएगी किन्तु हाट में जो काण्ड हो गया था उसके कारण आलेखा फिर मुस्तैदी के साथ काम देखने लगी थी। कल अमरनाथ के साथ एक झड़प हो जाने का परिणाम यह हुआ कि पिछले कुछ दिनों से जो लज्जा व ग्लानि मन को कुण्ठित कर रही थी उसका अन्त हो गया। आलेखा को इस बात में जरा भी सन्देह नहीं रह गया कि देश में एक ऐसा दल पैदा हो गया है जो दूसरों की सम्पत्ति को अकारण हानि पहुंचाया करता है और यह अमरनाथ भी, भले वह अध्यापक हो, इसी दल का आदमी है।

निश्चय यह हुआ था कि चल-अचल सम्पत्ति कुल कितनी और कहां-कहां है, सब अपनी आंखों से देख लिया जाए। उसी निश्चय को व्यावहारिक रूप देने के काम में आलेखा लग गई। सवेरे से ही मैनेजर साहब को काम पर बुलवा लिया और कमलकिरण की सहायता से एक नक्शा बनाने लगी। नक्शे में घाट, रास्ते सब दिखाना होगा। इस कार्य में दोनों तन्मय थे। नहाने-खाने की भी सुधि नहीं रह गई। जब कई बार नौकरों ने स्मरण कराया तब कहीं जाकर उठे परन्तु किसी तरह काम पूरा करके फिर उसमें लग गए। दिन ढल चला।

दोनों के काम में लग जाने पर इन्दु अकेली, कोई साथी न होने के कारण, इधर-उधर टहल रही थी। कभी-कभी टेबल के पास आकर देख लेती कि दोनों क्या कर रहे हैं। बेचारी क्या करती? उसकी आवश्यकता तो वहां थी नहीं; इसलिए फिर हट जाती। बाग-बगीचे, मकान के इधर-उधर देर तक घूमती रही। फिर भी बेचारी का समय कट नहीं रहा था। इतने में साहब हाथ में छड़ी लिए कहीं जाने को बाहर निकले। विस्मित होकर उन्होंने पूछा—"बेटी, अकेली क्यों हो? कहां घूम रही हो?"

"दादा और आलो नक्शा तैयार कर रहे हैं; अभी पूरा नहीं हुआ।"

"कसा नक्शा?"

इन्दु बोली—"जमींदारी का मुआयना करेंगे। इसलिए कहां क्या है, इसकी याद रखने के लिए नक्शा बना रहे हैं।"

साहब ने मुस्कराकर पूछा—"उस काम में तुम्हारी आवश्यकता नहीं है बेटी?" इन्दु हंसकर सवाल को गोल कर गई। फिर कुछ देर बाद

बोली—"आप किधर जा रहे हैं चाचा?"

इस नवीन सम्बोधन से रे साहब का मन-प्राण सब झंकृत हो उठा। पुलकित होकर लड़की की ओर देखते रह गए। कुछ देर बाद वोले—"छुटपन का मेरा एक साथी है। वह बीमार होकर घर लौट आया है। उसे ही देखने जा रहा हूं बेटी!"

"चाचा, मैं भी चलूंगी।"

"अरे पास नहीं है। जगह मील-भर होगी। तू थक जाएगी।"

"मैं काफी चल सकती हूं।" साहब का हाथ पकड़ वह चल पड़ी।

साहब ने पूछा—"घोडागाड़ी (बग्घी) से चलें?" किन्तु इन्दु ने उस पर कुछ ध्यान नहीं दिया।

गांव-देहात का रास्ता; पग-चिह्न भी साफ नहीं थे। राह कहीं तालाब के भीटे पर से गई है, कहीं नदी के सूखे पाट के बीच से गई है, कहीं किसी के घर-आंगन के बीच से होकर आगे निकल गई है। इन्दु को संकोच मालूम पड़ रहा है। उन्हें देख स्त्रियां अपना काम-काज छोड़ खड़ी हो जाती है; कुछ तो पुरबे के बाहर तक आकर उन्हें देखती हैं। पुरुष मालिक को देखते ही तपाक से खड़े हो गए। बहुएं घूंघट की आड़ से अपनी उत्कण्ठा की तृप्ति करने लगीं। कुछ दूर और आगे जाने पर जब जनशून्य मैदान में पहुंचे तो इन्दु ने पूछा—"जान पड़ता है, इन लोगों को हमारी जैसी लड़कियां देखने का कभी अवसर नहीं मिला।"

साहब ने सिर हिलाकर कहा—"हाँ, ऐसा ही लगता है।"

"इनकी दृष्टि में हम किसी अद्भुत जन्तु के समान लगते होंगे, क्यों चाचा?" इन्दु कहते-कहते लज्जित हो उठी।

साहब हंसकर चुप रह गए। कुछ दूर तक मौन चलने के बाद इन्दु बोली—"ये लोग एक प्रकार से ठीक ही हैं। इनका काम मजे में चल जाता होगा।"

साहब फिर मुस्करा पड़े। बोले—"इस तरह तो दुनिया में सभी ठीक हैं बेटी! सबका काम मजे में चल जाता है।"

इन्दु ने कहा —"मेरे कहने का मतलब यह था चाचा कि हमारी अपेक्षा इनका जीवन ज्यादा सुखी है।"

वृद्ध ने स्पष्ट उत्तर दिए बिना पूछा—"पर क्या इनकी तरह तुम

लोग रह सकोगी बेटी?"

इन्दु झट से बोल उठी—"तुम लोगों' से आपका क्या अभिप्राय है? यदि आपका मतलब आलो से है तो निश्चय ही वह यह ग्रामीण जीवन नहीं अपना सकेगी। परन्तु यदि आपका मतलब मुझसे है तो चाचा, मेरा मन इसका स्वीकारात्मक उत्तर देता है।" इतना कहकर वह कुछ देर के लिए चुप हो गई; न जाने किस विचार में डूब गई। फिर सहज भाव से बोली— "लड़कियां भी पीठ पीछे मेरी हंसी उड़ाती हैं, किन्तु मैं उनके अनुरूप अपने को बना नहीं पाती।"

इन्दु बहुत बोल गई थी और मन-ही-मन उसे इसके लिए संकोच भी होने लगा। अपनी बात को संभालने के लिए उसने कहा—"जिन्हें जीवन का यह आधुनिक ढंग पसन्द है उनके लिए तो मैंने कुछ कहा नहीं चाचा! मैं तो उनकी बात कह रही हूं जिन्हें वह अप्रिय है जिनका मन इसके कारण उद्विग्न रहता है। आप नाखुश तो नहीं हो गए चाचा?"

चाचा ने मुस्कराते हुए कहा—"नहीं बेटी! नाखुशी किस बात की?"

इन्दु फिर कहने लगी—"यह देखिए शील-संकोच से भरी ये लड़कियां रास्ते के किनारे खड़ी हो गई हैं। पुरुषों में से कोई आपको नमस्कांर, कोई सलाम कहता है। हमारी-इनकी किसी बात में बराबरी नहीं, किन्तु क्या इसीलिए ये सब असभ्य मान लिए जाएं? तन पर पूरे कपड़े नहीं, पांव नंगे हैं, कमर में चिथड़ा झूल रहा है, परन्तु इसमें शर्म की क्या बात हुई? हमारा स्वागत-सत्कार करने में ये दूसरों से पीछे तो नहीं हैं?"

बूढ़े राय साहब उसकी बातें सुनते रहे; बीच-बीच में उनके होंठ खिल उठते थे।

"आप तो मेरी किसी बात का खण्डन या अनुमोदन नहीं कर रहे हैं। निश्चय ही आप मुझ पर नाराज हैं!"

अब रे साहब का मुंह खुला। उन्होंने कहा—"नहीं बेटी, तुमने मुझे गलत समझा। इसे अच्छी तरह याद रखो कि तुम्हारे चाचा मन-ही-मन तुम्हें आशीर्वाद दे रहे हैं, किन्तु मन उन्हें कुछ बोलने का अवसर ही नहीं दे रहा है। पर तुम्हारे दादा की क्या राय है बेटी?" इतना कहकर वह उत्सुकतापूर्वक इन्दु की ओर देखने लगे। इन्दु उत्सुकता का कारण समझ रही थी किन्तु उसे सूझ नहीं रहा था कि क्या उत्तर दे।

कैसी भी बात हो, उसके प्रति आग्रह रे साहब के स्वभाव में ही नहीं है। इन्दु की हिचकिचाहट समझकर उन्होंने प्रसंग ही बदल दिया। पूछा—"बेटी, तुम लोग जा कब रही हो?"

"कहां चाचा?"

"वही जमींदारी का निरीक्षण करने।"

इन्दु बोली—"मुझसे तो उन लोगों ने कुछ कहा नहीं। फिर उस काम में मेरी कोई रुचि भी नहीं है। आपको आपत्ति न हो तो तब तक मुझे अपने साथ ही रहने दीजिएगा। मुझे बड़ी खुशी होगी चाचा!"

मित्र का मकान आ गया। साहब ने छड़ी से इशारा करते हुए कहा—"यही मकान है इन्दु! पहुंच गए।"

इन्दु ने संकोच प्रकट करते हुए कहा—"सामने मैदान दिखाई दे रहा है। क्यों न मैं तब तक उधर घूम आऊं? आधे घण्टे से अधिक समय नहीं लगाऊंगी—आपके मित्र से मेरा कोई परिचय तो है नहीं।"

साहब बोले—"बेटी, यह मेरा अपना गांव है। यहां परिचय की कोई आवश्यकता नहीं है, किन्तु मैं तुमसे आग्रह नहीं करूंगा। बीमार के पास बैठने से खुले मैदान में घूमना अच्छा है—इसे मैं कैसे अस्वीकार कर सकता हूं? जाओ बेटी, पर रास्ता न भूल जाना, भटक न जाना।"

इन्दु आगे बढ़ी तो साहब ने जोर से कहा—"मैदान के उधर जो बस्ती दिखाई पड़ रही है, वही मौजा बराह है। मैदान के उस छोर से दस ही पग आगे जाने पर अमरनाथ की पाठशाला है। वह मिले तो कहना, जरा कल मुझसे मिल ले।"

इतना कहकर रे साहब मित्र के मकान में घुस गए।

9

मैदान के ठीक बीच से पगडण्डी चली गई है। उस छोर पर बराह है। किसी से पूछने की जरूरत नहीं पड़ी। इन्दु सीधे चलकर मैदान के उस

छोर पर पहुंच गई। वहां एक विशाल बट-वृक्ष था। उसी की छाया में अमरनाथ की पाठशाला थी। दस-बारह छात्र उनके इधर-उधर बैठे थे; अमरनाथ न्यायदर्शन पढ़ा रहे थे। इन्दु वहां जाकर खड़ी हो गई।

अमरनाथ को अपनी आंखों पर विश्वास नहीं हुआ। मुंह से शब्द नहीं फूटे। वह शिष्य-मण्डली सहित उठ खड़े हुए। स्वागत-शिष्टाचार के बाद अमरनाथ ने कहा—"मैं कितना भाग्यवान हूं! और लोग कहां हैं?"

एक विद्यार्थी ने आसन डाल दिया। इन्दु जूता उतारे बिना बैठने जा रही थी; फिर उतारकर जा बैठी। कहा —"मैं अकेली ही आई हूं, और कोई नहीं है।"

अमरनाथ को लगा—असंभव; अकेली कैसी आ सकी होगी!

इन्दु ने कहा—"मैं चाचाजी के साथ घूमने निकली थी। वह अपने रुग्ण मित्र से भेंट करने गए हैं। मैं तब तक इधर चली आई। आपसे कहलाया है कि कल उनसे मिल लेंगे।"

अमरनाथ ने कहा—"यह सूचना तो कोई और भी ला सकता था। जमींदार के यहां आदमियों का क्या अभाव? किन्तु आपका पधारना हमारे लिए बहुत बड़ा सौभाग्य है। राय महोदय किसके यहां आए हैं?"

इन्दु बोली—"नाम तो मैं जानती नहीं, हां मकान पहचानती हूं। आपका घर यहां से कितनी दूर होगा अमरनाथ बाबू?"

"बस, दो मिनट की राह है।"

"जरा पीने का पानी मंगवा दीजिए।"

एक छात्र दौड़कर गया और थोड़ी ही देर में पत्थर की तश्तरी में छेना-गुड़ तथा पत्थर के ही गिलास में पानी ले आया। इन्दु ने शिष्टाचार का अभिनय नहीं किया, चुपचाप खाकर पानी पी लिया। फिर बोली—"तो अभी मुझे आज्ञा दें, चलूं।"

इस सुशिक्षित लड़की की निश्छल सरलता देख अमरनाथ खुश हुए। बोले—"जब आप स्वेच्छापूर्वक यहां तक आई हैं तो यों ही लौटने नहीं दूंगा। इस दरिद्र ब्राह्मण की कुटी में जब तक आपकी चरण-धूलि नहीं पड़ती, मैं कैसे मानने लगा? मां हैं, ससुराल से छोटी बहन भी आई हुई है, उनसे मिले बिना आप कैसे लौट जाएंगी? चलिए···"

इन्दु तुरन्त तैयार हो गई। बोली—"चलिए, किन्तु चाचाजी मेरे लिए

घबराएंगे न?"

अमरनाथ बोले—"घबराएंगे क्यों, उन्हें सूचना कर दी गई है।"

पाठशाला के पिछवाड़े ही बाग शुरू हो गया। फिर एक बड़ा पोखरा पड़ा। उसके भीटों पर नाना प्रकार के फूल खिले हुए थे। बड़ा सुन्दर दृश्य था। आगे अमरनाथ, पीछे इन्द्रु, दोनों अहाते में प्रविष्ट हुए। एक बड़ा चण्डीमण्डप था। वहीं बैठकर दिनान्त के शेष प्रकाश में दो छात्र कुछ लिख रहे थे। दूसरी ओर पांच-सात हृष्ट-पुष्ट गाएं चारा खा रही थीं; वहीं बछड़े भी बंधे थे। एक काला झबरा कुत्ता भी था। एक जवा-वृक्ष लाल फलों से लदा था। दोनों ने आंगन में प्रवेश किया।

मिट्टी के आठ-दस घर होंगे; गोबर से लिपा-पुता स्वच्छ आंगन। इतना स्वच्छ कि जूता पहने इन्दु ठिठक गई। शाम हुई ही थी। गुग्गुल के सुवासित धूप से सम्पूर्ण वातावरण सुगन्धित था।

अमरनाथ की विधवा दीदी ठाकुरजी की आराधना में लगी थीं। मां सुनते ही दौड़ी आई। बच्चे को गोद में लिए छोटी बहन भी आ गई। इन्दु ने अमरनाथ की मां के चरणस्पर्श कर प्रणाम किया। बुढ़िया ने हाथ से इन्दु की ठुड्ढी स्पर्श कर चूम लिया और जो दो शब्द कहे, उनसे इन्दु का अन्तः-करण तृप्त हो गया। उसके मन में आया—इतना स्नेह और आदर अब तक उसे कहीं न मिला था।

मां ने बरामदे में आसन डाल दिया और बोलीं—"बैठो, बेटी!"

इन्दु के बैठने पर मां ने कहा—"आज संध्या होते ही गरीब के घर लक्ष्मी पधारी हैं।"

इन्दु शिक्षित लड़की थी। किन्तु वह अवाक् रह गई। शिक्षा, संस्कार, अभ्यास के कारण इन लोगों को अपनी जात-पात का ध्यान आता ही न था, न इनके समाज में कभी इसकी आवश्यकता ही पड़ती थी। किन्तु आज इस शुद्धाचारिणी विधवा के सामने इन्दु को संकोच हो आया। वह बोली—"मां, आप हैं ब्राह्मण, मैं हूं कायस्थ-कन्या। अपने हाथों से मेरे लिए आसन आपने क्यों डाला?"

मां ने कहा—"मेरी लक्ष्मी बेटी, तुम संध्या-समय मेरे घर आई हो। देवता की जात नहीं हुआ करती। तुम सब जातियों से ऊंची हो।"

अमर की छोटी बहन देखने में इन्दु की समवयस्का मालूम पड़ती थी;

वह पास आकर बैठ गई; इन्दु ने बच्चे को गोद में ले लिया।

मां ने पूछा—"बेटी, नाम तो बताना।"

इन्दु ने कहा —"मां, मेरा नाम इन्दु है।"

"तभी! इतने सुन्दर मुखवाली का नाम और क्या होता?"

इन्दु लजा गई। बनावटी मुस्कान संकोच पर पर्दे की तरह छा बैठी। थोड़ी देर बाद उसने कहा—"मां, मैं यह सोच रही हूं कि एक बार और आऊंगी तो उस समय आप क्या कहेंगी।"

मां ने हंसकर कहा —"जब आओगी तो बताऊंगी बेटी, आना अवश्य।" इन्दु ने स्वीकार किया।

इतने में अमर की दीदी भी ठाकुर की पूजा से छुट्टी पाकर आ गई और बोलीं—"आरती होने वाली है, बिना कुछ खिलाए तुम्हें कैसे जाने देंगे?"

इन्दु ने अनुमान लगाया कि यह कौन हो सकती हैं। बोली—"दीदी, आप जरा भी चिन्तित न हों। मैं तो पहले ही खा चुकी हूं। एक दिन और आऊंगी, तब ठाकुरजी का प्रसाद खाऊंगी। आज तो यहां तिल-भर जगह नहीं है"—कहकर उसने पेट की ओर संकेत किया और प्रतिज्ञा के स्वर में बोली—कलकत्ता जाने के पहले इस बार फिर इस घर में आएगी; भगवान का नैवेद्य और मां की चरणधूलि लेने।

इन्दु बाहर निकली तो रात की काली चादर धरती ने ओढ़ ली थी। अमरनाथ के हाथ में हरीकेन लालटेन थी। इन्दु बोली—"दूसरे को दे दीजिए, वह मुझे पहुंचा आएगा।"

अमरनाथ ने कहा —"मेरे सिवा आपको और कौन पहुंचाएगा?"

"अर्थात्?"

"अर्थात् यही कि आप स्वेच्छा से हमारे यहां आ गई हैं, इसलिए दूसरा कोई पहुंचाने जाएगा तो मैं कर्तव्यच्युत हो जाऊंगा।"

किन्तु लौटने तक काफी रात हो जाएगी!"

"होगी तो हो परन्तु कर्तव्यपालन से होने वाले मेरे सन्तोष का भी तो अनुमान कीजिए।"

इन्दु ने गम्भीर होकर कहा—"चलिए, आज एक बड़ा भ्रम दूर हो गया। हम लोग आपको नितान्त दरिद्र समझते थे।"

अमरनाथ चुप रहे। कुछ देर बाद इन्दु ने कहा···"आपके यहां से आने का मन ही कहां होता था? उत्कट इच्छा हो रही है कि आलो के यहां से आकर कुछ दिन यहीं मां के पास रहूं।"

अमरनाथ ने लालटेन के प्रकाश में इन्दु की ओर देखा, फिर धीरे से कहा···"अभी मैं ऐसे सौभाग्य की कल्पना तक नहीं कर सकता।"

ooo